Sous la poussière des ans

Pierre Cusson

Sous la poussière des ans

Roman

Les Éditions
Belle Feuille

Catalogage avant publication de Bibliothèque et Archives
nationales du Québec et Bibliothèque et Archives Canada

Cusson, Pierre, 1951-
  Sous la poussière des ans
  Roman
  ISBN imprimé   978-2-923959-51-1
  ISBN numérique pdf   978-2-923959-29-0
  ISBN numérique ePub   978-2-923959-79-5

  I. Titre.
  PS8555.U845S68 2012   C843'.6   C2012-942186-3
  PS9555.U845S68 2012

Révision et correction : Josyanne Doucet et Yvon Beaudin
Mise en page : Marcel Debel et Yvon Beaudin
Illustration de la couverture : Janick Ericksen (biographie p. 176)
Infographie des pages couvertures et intérieures : yvonbeaudin.com
Imprimeur : Marquis

La maison d'édition remercie tous les collaborateurs à cette publication.

Les Éditions Belle Feuille
68, chemin Saint-André
Saint-Jean-sur-Richelieu, QC J2W 2H6
Téléphone : 450 348-1681
Courriel : marceldebel@videotron.ca
Web : www.livresdebel.com

Distribution:
BND Distribution
4475, rue Frontenac, Montréal, Québec, Canada H2H 2S2
Tél. : 514 844-2111 poste 206   Téléc. : 514 278-3087
Courriel : libraires@bayardcanada.com

Dépôt légal
Bibliothèque et Archives nationales du Québec—2012
Bibliothèque et Archives Canada—2012

Imprimé au Québec

Chapitre 1

Éloïse

Pas plus d'une vingtaine d'étudiants se retrouvent éparpillés dans le grand auditorium de l'université, à se languir d'ennui en écoutant le vieux professeur d'archéologie, Mathurin Lagacé. Ce n'est pas par incompétence que le prof ne parvient pas à garder l'attention de ces quelques étudiants, mais c'est plutôt sa voix nasillarde et monocorde qui agit comme agent soporifique. Pas étonnant que l'absentéisme soit un véritable problème pour ce cours et sur lequel le recteur de l'université a promis de se pencher très bientôt afin de punir ceux qui se défilent du vieux Lagacé. Bien entendu les étudiants présents sont, sans contredit, des mordus d'archéologie et assurément que parmi eux naîtra un jour une sommité dans ce domaine.

Robert Bérubé est l'un de ces passionnés de vieilleries qui reste accroché aux discours de Lagacé, prenant note de ce qui lui semble important. D'ailleurs, tout lui semble important. L'oreille tendue au maximum et la main aussi leste que celle d'un pianiste, il écoute et écrit sans cesse, conscient que c'est la seule façon pour parvenir à obtenir les meilleurs résultats de son groupe. Un jour il ira fouiller les pyramides d'Égypte afin de leur arracher des secrets que nul n'a encore réussi à percer, il ira creuser les grandes plaines australiennes pour mettre à jour les plus vieux squelettes du monde, il ira sillonner les grandes étendues de glace et de terres gelées à la recherche des ancêtres de l'Amérique du Nord. Il ira, il ira et il ira toujours. Telle est sa vocation.

Mathurin Lagacé jette un regard à sa montre. L'heure de la fin de son cours approche enfin. Ce n'est pas qu'il déteste son travail de prof, mais de voir la majorité de ses étudiants dormir de la sorte, l'horripile au point où il sent monter en lui un certain dégoût. Impossible pour lui de concevoir que les jeunes gens d'aujourd'hui s'intéressent si peu à ce qui a été un jour, le début de notre monde. La flamme du découvreur est-elle en train de s'éteindre définitivement ? Il n'ose plus y penser, tellement cela lui donne mal au cœur.

Soudain, le bruit d'une porte qui se ferme sans ménagement résonne en écho à travers l'immense salle presque vide. Lagacé penche légèrement la tête pour permettre à ses yeux de passer au-dessus de la monture de ses lunettes et d'un regard exaspéré, il suit la jeune fille qui descend deux à deux les longues marches de l'allée centrale. Éloïse Sinclair. Celle dont la beauté et la frivolité réussit à capter l'attention de tous au détriment des ossements d'un élasmosaure trouvé en Écosse qui apparaît sur le grand écran près de Lagacé.

L'arrivée impromptue de la jeune fille vient apposer le point final au cours d'archéologie du vieux prof. Il sait pertinemment que la présence de cette dernière viendra perturber l'attention de son meilleur étudiant et qu'il devient maintenant inutile de continuer à parler dans le vide. Gaspillage de salive, pur et simple. Dans un grand geste désabusé, accompagné d'un « c'est fini pour aujourd'hui », il met un terme à son tourment tout en permettant à ses élèves de s'orner à nouveau de sourires.

— Salut !
— Salut Éloïse. Tu es en avance, non ? Je croyais que nous devions nous rencontrer à la sortie du cours.
— Je ne pouvais pas attendre plus longtemps. J'avais trop hâte de te revoir.

Sur ces mots, la jeune femme entoure brusquement le cou de Bérubé de ses bras et colle ses lèvres entrouvertes aux siennes.

Sa langue inquisitrice fouille fougueusement la bouche de Robert, provoquant tout autour des murmures et des encouragements de la part des autres étudiants. Nombreux sont ceux qui envient Bérubé tout en se demandant encore comment il se fait qu'une aussi belle femme soit ainsi accrochée à une relique. C'est ainsi que l'on a surnommé le jeune homme qui ne semble avoir de passion que pour les vestiges des époques reculées. Pourtant, la plus grande passion de Robert Bérubé est bel et bien Éloïse Sinclair. Et c'est en sa compagnie qu'il espère fouiller chaque coin de la planète pendant toute sa vie, à la recherche d'éléments révélateurs sur le commencement de la vie.

- Vas-y Bérubé ! Montre-nous ce que tu sais faire !

Sans se détacher de son amoureux, Éloïse jette un regard amusé sur les quatre garçons se tenant à un mètre d'eux et qui bavent d'envie. Elle constate avec satisfaction que dans leur pantalon, commence à poindre une certaine excitation et c'est ce moment qu'elle choisit pour éloigner sa bouche gourmande de celle de Robert. Affichant un petit sourire enjôleur, elle tourne la tête en direction des jeunes hommes et les nargue du regard.

— Vas te faire foutre, Lemire ! Tu ne verras rien de plus que ce que tu viens de voir. De toute façon, tu ne tiendrais pas le coup. Tu es déjà sur le point de venir dans ta culotte.

Les rires des trois comparses de Lemire éclatent soudainement en rebondissant sur les murs de l'auditorium déserté par les autres étudiants.

Embarrassé par les propos d'Éloïse, Éric Lemire tourne prestement les talons et s'enfuit à toute vitesse, vers la porte de sortie tout en proférant des insultes à la jeune femme.

Robert n'apprécie pas réellement le comportement de sa petite amie, mais l'amour incommensurable qu'il lui voue, l'incite à refouler au fond de lui-même, les mots réprobateurs coincés dans sa gorge. Il n'y a vraiment pas de mal à s'amuser, se plaît-il à croire pour pallier à son malaise d'être fréquemment confronté à ce genre de situation. Éloïse est une femme bien. Belle, intelligente et une amoureuse sans égale. C'est vraiment tout ce qui compte pour Bérubé. Ayant été trop souvent le souffre-douleur de sa classe, il est parvenu finalement, peu de temps après avoir été officiellement reconnu comme le petit ami d'Éloïse, à obtenir un certain respect. Ce qui n'est pas du tout négligeable en soi.

— Sortons d'ici, dit-il à l'intention de sa copine. J'ai promis à Raymond que j'irais l'aider à préparer son examen de mathématiques.

— J'avais d'autres projets pour nous deux, mon amour !

Bérubé laisse échapper un soupir de déception d'entre ses lèvres encore toute mouillées de la salive de sa belle Éloïse et tout en dodelinant légèrement la tête, il pose des yeux remplis de compassion sur le visage de cette dernière, attendant avec impatience la divulgation de ces fameux projets. Un autre soupir implore la jeune femme de répondre à sa question silencieuse et ce n'est qu'au bout de quelques secondes de supplice qu'elle finit par le satisfaire.

— Je pensais que nous pourrions aller s'enfiler une pizza en vitesse et que nous irions nous balader dans le Parc des Mésanges. Et que nous pourrions faire l'amour sous les arbres pendant que le soleil est encore bien haut dans le ciel et ce jusqu'à ce que la lune le remplace.

— Très tentant en effet. Ce serait merveilleux, bien sûr. Mais j'ai promis à Raymond…

— Je sais. Je sais. Tu me l'as dit tout à l'heure. Il te mène par le bout du nez, ton frère. Va falloir que tu apprennes à dire non, une fois de temps en temps.

— Je ne peux tout de même pas me défiler après m'être engagé. Il compte sur moi.

— Bien entendu. Et comme à son habitude, il trouvera une excellente raison pour devoir s'absenter. Tu te taperas le reste de la soirée à faire son travail à sa place pendant que lui ira jouer aux cartes avec les idiots qui lui servent de copains. Ou pour sauter une fille qu'il aura repérée durant la journée.

— Tu exagères, Éloïse.

— C'est ça ! Continue à le protéger ton « play boy » de frère. Continue à faire ses quatre volontés et un beau jour tu te retrouveras seul. Parce que, je dois te dire, que si les choses ne changent pas, je me verrai dans l'obligation de me retirer de ta vie. Je t'aime de tout mon cœur. Mais il n'est pas question que je sois considérée comme le deuxième violon. Déjà que ta foutue passion pour l'archéologie te prend énormément de ton temps, si maintenant il me faut partager les quelques heures qu'ils te restent avec ton frère Raymond, alors moi je décroche. Tu m'entends Robert ! C'est un homme que je veux à mes côtés. Pas un courant d'air.

Éloïse évacue bruyamment l'air de ses poumons, soulagée d'avoir enfin osé exprimer le fond de sa pensée concernant Raymond. Ce dernier, étant de deux ans l'aîné de Robert, exagère beaucoup trop sur le grand cœur de son frère, trop naïf pour s'apercevoir qu'il se joue de lui. Fréquemment, Robert est mis à contribution pour effectuer certains travaux académiques de son frère manipulateur alors que celui-ci se paye du bon temps avec ses copains ou encore avec les filles qu'il rencontre ici et là, en classe, au bar, sur la rue et même dans les maisons closes. Il faut bien avouer que Raymond est bel homme. Son assurance et son arrogance sont également des facteurs importants qui lui permettent de jongler avec les sentiments de ceux qui l'entourent se moquant éperdument des conséquences que cela entraîne très souvent. L'université au grand complet sait quel genre d'homme est Raymond. Seul Robert semble l'ignorer. Ou, du moins, il n'en laisse rien paraître.

— D'accord. D'accord. Je vais aller le voir à l'appartement pour l'aviser que je ne peux pas l'aider, ce soir. Je te rejoints au restaurant dans environ une heure.

Satisfaite, Éloïse se pend au cou de son Robert adoré et l'embrasse chaleureusement comme pour lui donner un avant-goût de ce qui l'attend un peu plus tard. Pour une fois, il a pris la bonne décision. Celle de faire passer son amoureuse avant l'amour filiale.

D'ailleurs Raymond ne mérite aucunement cet amour que lui voue Robert, mais ce dernier en est totalement inconscient.

Chapitre 2

Le choix

Robert stationne sa petite Echo en face du vieil immeuble renfermant son appartement qu'il partage depuis un peu plus de trois mois avec Raymond. Ce dernier ayant dépensé tout l'argent de sa bourse d'étude s'était retrouvé sur le trottoir avec, comme seul bagage, un sac à vidanges remplie de ses vêtements. Bien entendu, il s'était pointé chez Robert pour demander refuge et celui-ci n'avait pu refuser de lui venir en aide. Depuis ce temps, Raymond est devenue le maître des lieux et ce, sans même verser le moindre dollar de pension à son frère. Même que, plus souvent qu'autrement, Robert défraie les coûts de l'électricité, du téléphone et de l'épicerie. Sans compter toute la bière que Raymond ingurgite lors de parties de cartes qu'il organise avec des gens que Robert ne connaît même pas. Si un mot peu convenir à Raymond de façon admirable, c'est : profiteur. Mais ça, Robert ne peut le croire.

Gêné d'avoir à annoncer à son frère qu'il ne pourra l'aider dans ses travaux ce soir, Robert hésite un long moment avant de pénétrer dans son appartement. Il a la nette impression d'agir comme un être ingrat et sans cœur envers un membre de sa propre famille. Pourtant, il n'a pas de quoi se sentir coupable de quoi que ce soit, même si Raymond est passé maître dans l'art de le rendre mal à l'aise dans de multiples situations.

— Je suis vraiment désolé. J'aurais tellement voulu t'aider, mais je ne le peux vraiment pas.

— Quoi ! Tu refuses de me rendre ce petit service ! Je croyais que tu étais d'accord pour remplir ce maudit questionnaire. Tu sais ce que ça veut dire au juste ? Si je ne le remets pas dès demain matin, je serai recalé en comptabilité. Le prof a été très clair là-dessus. Il lui faut ce questionnaire dûment rempli, sinon ma note sera de zéro et il m'interdira de passer l'examen final. Tu ne peux pas me faire ça, Robert. Nous avons tellement travaillé, tous les deux, sur ma réussite en administration. J'y ai mis tellement d'efforts ! Tu ne peux pas me faire ça, voyons !

— Je suis vraiment désolé…

— Arrêtes de me dire que tu es désolé. Et dis-moi plutôt pourquoi tu me laisses tomber de la sorte ? C'est ton Éloïse, n'est-ce pas ? C'est elle qui t'influence au point de renier ton propre frère.

Robert garde le silence un long moment alors que Raymond le fixe de ses yeux remplis de reproches, voire même, avec une pointe de mépris. Jamais il n'aurait cru être capable de dire non à qui que ce soit lorsque l'on sollicitait son aide. Cette fois Robert a osé. Non pas de façon catégorique en utilisant des mots tranchants, mais il a osé tout de même et il en ressent une certaine satisfaction tout au fond de son cœur. Raymond est furieux devant ce mutisme exagéré de la part de son frère.

Dans un mouvement de colère, il balaie de son avant-bras, tout ce qui se trouve sur le petit bureau de travail que Robert prend toujours bien soin de garder en bon ordre avec un plaisir fou. Les nombreuses feuilles, les crayons, les livres et toute la panoplie d'articles nécessaires à un bon étudiant, s'envolent dans les airs pour venir joncher aussitôt le plancher.

— Arrête, s'écrie Robert alors que Raymond s'approche de son ordinateur. Au lieu de tout foutre par terre comme ça, tu devrais te concentrer plutôt sur ton questionnaire. Je n'y suis pour rien moi, si tu passes ton temps avec tes copains à perdre ton argent aux cartes ou à traîner dans les discothèques avec toutes ces femmes que tu espères avoir dans ton lit. Si tu avais mis tous tes efforts à étudier, nous n'en ne serions pas rendus à se disputer pour un simple questionnaire de routine. Ça ne t'a pas suffi de perdre trois ans de ta vie à essayer de te sortir de tes problèmes de jeux et d'alcool, il faut que tu remettes ça. Si c'est ce que tu veux, c'est très bien, mais ne compte plus sur moi pour continuer à faire tes travaux à ta place. Je me fends en quatre pour parvenir à obtenir mon diplôme et c'est à peine si je peux me permettre un peu de bon temps, alors ce soir j'ai décidé de penser à moi. Tu comprends Raymond ! J'ai le droit de vivre un peu, moi aussi.

Les yeux injectés de sang, Raymond empoigne le col de la chemise de Robert et le tord brutalement. Son poing serré se lève brusquement au-dessus de son épaule, prêt à frapper, mais Robert reste de glace. Ce n'est pas la première fois qu'une situation semblable se produise et à chaque occasion, Raymond a fini par laisser tomber. Probablement par sensibilité. Une sensibilité qu'il a du mal à démontrer, mais qui est bien présente en lui. Enfin c'est ce que Robert croit.

— D'accord ! lance-t-il dans un grognement tout en lâchant son emprise. Vas rejoindre ton Éloïse ! Mais ne me demandes jamais de t'aider pour quoi que ce soit.

— Je ne crois pas avoir à le faire.

— Tu es bien comme Richard. Il se croyait totalement indépendant, mais il est tout de même venu s'agenouiller devant moi en braillant pour que je lui donne de l'argent.

— Son argent ! S'il s'est abaissé de la sorte, c'était pour récupérer l'argent de sa bourse d'étude que tu avais gaspillé au jeu. Argent que tu t'es refusé de lui remettre d'ailleurs. Tu vois où cela l'a mené ! Il traîne maintenant dans les rues de Montréal, complètement désabusé de la vie et sans abri. J'espère que tu es fier de ce que tu as réussi.

— Père a voulu l'aider et il a refusé.

— Père n'a plus un sou qui l'adore. Tu lui as tout pris à lui aussi. Comment peut-il l'aider ?

— Tu m'ennuies avec ton discours de morale. J'en ai marre de demeurer avec une larve comme toi. Je préfère m'en aller.

— Et ton questionnaire ?

— Tu peux te le mettre où je pense ! Je réussirai ma vie quand même, sans diplôme. Tu verras bien un jour. Vous viendrez vous traîner à plat ventre devant moi comme des laquais.

Sans rien ajouter, Raymond tourne brusquement les talons. Accrochant son veston au passage, il quitte aussitôt l'appartement, abandonnant Robert dans sa peine. Car, bien entendu, le pauvre homme regrette profondément cette dispute inutile qu'il a, dans un sens, provoquée. Par contre, il sait pertinemment que Raymond n'est pas parti définitivement et qu'il rentrera au bercail au beau milieu de la nuit, ivre et repentant. Il en a été ainsi à quelques occasions. Sauf que cette fois, un simple Non en a été la cause.

Une première !

Cette pensée apporte un certain contentement à Robert et c'est presque avec un sourire aux lèvres qu'il quitte à son tour l'appartement en prenant bien soin d'en verrouiller la porte comme il en a toujours l'habitude.

Chapitre 3

Le parc des Mésanges

Dehors, la chaleur persiste. Robert scrute le ciel quelques secondes et se réjouit de constater qu'aucun nuage ne vient l'accabler. Le coucher de soleil sera sans aucun doute magnifique. Machinalement il pose les yeux à l'endroit où, normalement, se trouve le véhicule de Raymond. L'Intrepid verte brille par son absence. Robert espère néanmoins que son frère ne fera pas trop de folie en cette soirée qui a mal débuté pour lui. Son impulsivité l'a souvent conduit à faire des excès et à causer certains désagréments pour son entourage.

Chassant aussitôt cette pensée qui pourrait ruiner inutilement sa sortie avec Éloïse, Robert s'engouffre dans son Echo grise et, l'esprit trop accaparé par la vision des heures exquises qu'il passera en compagnie de son amoureuse, il démarre aussitôt pour se lancer avec imprudence sur le boulevard Salaberry. Un crissement de pneus infernal le ramène brusquement à l'ordre et c'est la mort dans l'âme qu'il tente de s'excuser par des gestes à la conductrice qui, par la fenêtre grande ouverte de sa Audi, vocifère une quantité incroyable d'injures à son égard. Heureusement, que cette dernière a maîtrisé parfaitement la situation pour éviter l'accident, ce qui aurait grandement amputé son rendez-vous avec Éloïse.

Il ne faut pas plus d'une minute pour que l'incident se retrouve dans le passé, puisque Robert n'y pense déjà plus. Néanmoins, il a eu sa leçon et s'efforce de rester prudent. Sans prendre aucun risque qui pourrait contrecarrer ses plans pour la soirée, il file tout droit vers Le Royaume de la Pizza où doit l'attendre impatiemment sa bien-aimée. De là, après s'être rassasiés d'une délicieuse pizza, ils s'enfuiront vers le Parc des Mésanges pour y apprécier toute sa beauté et surtout toute son intimité.

La petite auto s'immobilise enfin dans le stationnement du restaurant et Robert en descend. Cependant, trop envahi par une fébrilité qui le projette dans les heures à venir, il n'aperçoit pas l'Intrepid de son frère qui vient tout juste de s'arrêter en bordure du trottoir, non loin de l'entrée du stationnement. L'œil encore haineux de Raymond le suit jusqu'à ce qu'il disparaisse derrière la grande porte de verre du restaurant. Son intention est sans doute de connaître la véritable raison qui a incité Robert à le rejeter de la sorte. Chose qu'il trouve inacceptable de la part d'un frère.

— Comment ça s'est passé ?
— Plutôt mal. Il m'a fait une de ces colères.
— Et il sait que je suis la cause de tout ça ?
— Il l'a deviné oui. Mais je ne lui ai pas dit clairement. Je le connais bien, tu sais. Il va m'en vouloir pendant quelques temps, puis tout reviendra à la normale. J'ai l'habitude de ses sautes d'humeur.
— La différence cette fois, c'est que tu as refusé de l'aider.
— Un événement qu'il nous faut célébrer.

Robert sourit tendrement à Éloïse dont les yeux s'illuminent instantanément de désir, anxieuse de se retrouver seule dans la nature avec celui qu'elle aime. Une ombre continue cependant de noircir légèrement son bonheur. Bien sûr, Raymond est un homme qui possède de nombreux défauts, mais il a tout de même certaines qualités qui valent la peine de s'intéresser à lui. Cela l'afflige quelque peu qu'il y ait un froid entre elle et lui. Il est tout de même le frère de son amoureux, bientôt son fiancé, du moins elle l'espère.

— Oublions cette malheureuse histoire et pensons à nous deux, lance-t-elle soudainement comme pour chasser son idée farfelue de vouloir renouer en amitié avec Raymond.

— Tu as raison. Cette magnifique soirée est pour nous. Seulement pour nous. Seuls !

Éloïse s'empare d'un immense sac de toile bleu marin qu'elle avait déposé sous sa chaise et le brandit au-dessus de la table avec, sur les lèvres, un immense sourire, invitant son partenaire à la complicité.

— J'ai apporté deux bonnes bouteilles de vin rosé et pétillant pour attiser notre folie.
— Brillante idée ma chérie. D'autant plus qu'il me reste encore quelques bières dans le coffre arrière de la voiture.
— Bref, tout pour passer une soirée mémorable. Si on y allait tout de suite.
— C'est parti.

Penchés au-dessus de leurs assiettes à moitié vides, les deux tourtereaux s'embrassent langoureusement avant de se lever enfin de table et de quitter précipitamment le restaurant. Tout semble magique autour d'eux comme si plus rien de désagréable n'existait. L'odeur de la ville s'est transformée en un doux parfum, le bruit de la circulation en une musique enivrante, les immeubles vétustes en adorables châteaux. Une euphorie dont eux même ont du mal à expliquer. Ce n'est pourtant pas la première fois qu'ils vont faire l'amour, mais ce soir semble être un soir pas comme les autres. Ils sont assurément dans une phase de leur relation où leur appétit est insatiable.

Malgré la circulation assez dense à cette heure de la journée, la petite voiture progresse néanmoins rapidement et bientôt elle emprunte la rue St-Laurent qui les mènera à l'embranchement de celle où se trouve le Parc des Mésanges.

Quelques minutes se passent encore avant que l'Echo vienne s'immobiliser à l'entrée de ce dernier. L'excitation est au rendez-vous, mais les amoureux réussissent néanmoins à se contenir et c'est avec l'intention de jouir pleinement de cette soirée qu'ils demeurent quelques instants sans bouger, se contentant d'apprécier du regard le décor splendide qui s'offre à eux.

Main dans la main, Éloïse et Robert s'engagent sur un sentier de terre battue serpentant à travers une multitude incroyable d'arbres majestueux dont les têtes s'entrelacent pour former un véritable tunnel végétal.

— C'est vraiment d'un calme fou.
— Comme si tous les gens de la ville s'étaient donné le mot pour nous réserver cet endroit.
— Tout à fait. Il n'y a absolument personne pour nous déranger. C'est tout de même étrange, tu ne trouves pas ?
— Étrange ou pas, je m'en fiche royalement. Du moment que nous sommes seuls, c'est tout ce qui importe pour moi. Pour une fois que tu délaisses tes vieux ossements de la préhistoire pour me consacrer une soirée entière. J'en suis vraiment très heureuse et je ne veux pas savoir par quel phénomène ce parc est désert. Je veux en profiter, c'est tout.

À une vingtaine de mètres devant, une petite clairière leur ouvre les bras, les invitant à venir s'installer à sa lisière. Le panorama est grandiose et déjà, alors qu'il a perdu de l'altitude, le soleil vient se refléter sur les eaux de l'immense rivière contournant la clairière couverte de fleurs aux arômes envoûtants.

De son sac de toile, Éloïse en extirpe une grande couverture servant en quelque sorte de paquetage pour protéger la fragilité des bouteilles de vin, puis l'étend d'un geste solennel sur le gazon verdoyant s'étalant sous un immense chêne plusieurs fois centenaires.

Tendrement les amoureux s'enlacent et se perdent dans un doux et interminable baiser jusqu'à ce que leur souffle vienne à manquer. Puis après avoir ingurgité rapidement une coupe de vin, ils reprennent aussitôt leur inlassable bouche-à-bouche en y ajoutant, cette fois, plus d'ardeur et de fougue.

Leurs mains excitées par l'alcool deviennent de plus en plus entreprenantes et leur désir grandissant les confine sur un point complètement isolé de la terre, effaçant comme par enchantement tout ce qui existe aux alentours.

Un à un les boutons du chemisier d'Éloïse quittent leur boutonnière, si bien qu'en peu de temps, ses seins nus se retrouvent exposés aux rayons encore chaud du soleil.

Pendant plus d'une demi-heure, l'alternance, entre le vin, les baisers et les caresses, se poursuit dans la plus grande allégresse.

Alors qu'à l'horizon l'astre voyeur tarde à mourir, le corps nu de Robert recouvre enfin celui, également nu, d'Éloïse. Les mouvements, qui se voulaient au début endiablés, se calment peu à peu comme pour prolonger ces merveilleux instants avant que ne surgisse l'apogée de leurs ébats.

Gracieusement, les corps s'engagent dans une lente valse, roulant sur l'herbe mouillée de sueur. À tour de rôle, Robert et Éloïse goûtent au plaisir d'occuper la position supérieure alors que l'autre apprécie avec extase d'être possédé. Sporadiquement, les corps s'immobilisent pendant quelques secondes afin de faire durer au maximum leur plaisir, sans pour autant l'éterniser, puis reprennent de plus bel leur va-et-vient.

Au moment où les dernières lueurs du jour se fondent dans les ombres de la nuit, un accord implicite est accepté entre l'homme et la femme. Éloïse se redresse soudainement pour chevaucher littéralement son partenaire. Le dos, tantôt cabré, tantôt arqué à l'extrême, elle s'engage dans un véritable rodéo, arrachant, par sa fougue, de longues plaintes délicieuses de la gorge de Robert, alors qu'elle-même ne peut refouler de bruyants gémissements engendrés par le plaisir ressenti dans son sexe, son ventre, ses seins et tout le reste de son corps. Très bientôt, ses assauts répétés transportent le couple dans les plus hautes sphères de l'extase. Et dans un dernier cri, ils atteignent simultanément la jouissance suprême déclenchant de profondes sensations comme ils n'en ont jamais ressenties.

Tous deux comblés, les jeunes gens s'allongent, l'un contre l'autre enlacés, dans l'herbe trempée, puis demeurent sans geste un long moment pour mieux goûter au calme de la nuit.

À moins de dix mètres des corps inertes, une ombre quitte l'abri du tronc d'un érable et en silence emprunte le petit sentier menant au stationnement du parc. De toute évidence, les ébats du couple ont été épiés par un spectateur invisible depuis leur tout début. Sûrement quelqu'un en quête de sensations fortes ou, tout simplement, s'agit-il là d'un pervers désireux de voler dans sa tête, les moments merveilleux vécus par les amoureux.

Pourtant, ces deux hypothèses n'ont rien à voir avec la présence de l'homme. Car c'est bien un homme qui a été témoin de la scène torride entre Robert et Éloïse.

Presque en courant, l'ombre traverse le stationnement pour ensuite s'engager sur le trottoir désert du boulevard Salaberry près duquel l'attend son véhicule.

L'Intrepid de Raymond démarre aussitôt et sans attendre davantage, conscient que le bruit du moteur a sûrement été capté par le couple, elle disparaît en empruntant une rue transversale.

Jusqu'à ce soir, Raymond n'appréciait pas vraiment la présence d'Éloïse dans la vie de son frère Robert, mais maintenant il comprend pourquoi ce dernier est à ce point accroché à cette femme. Elle fait l'amour comme une diablesse en chaleur et les courbes de son corps sont d'une beauté qui n'a rien à envier aux plus grands tops modèles de la terre.

Raymond se surprend tout à coup à être envahi par un étrange sentiment de jalousie. Si quelqu'un lui avait dit, quelques heures plus tôt, qu'Éloïse était une femme à ce point désirable, il lui aurait ri en pleine face.

Cependant sa perception envers cette jolie blonde aux yeux de ciel a changé du tout au tout. C'est mal de convoiter l'amie de cœur de son propre frère, mais il n'en serait pas à sa première ignominie. Robert lui a fait faux bond ce soir et même s'il avait une excellente raison pour agir de la sorte, il n'en reste pas moins qu'il a refusé de l'aider. Il connaissait très bien l'importance de remplir le fameux questionnaire, mais il a tout de même préféré aller forniquer avec son Éloïse, l'abandonnant à son sort. Demain ce sera, sans contredit, le recalage.

Chapitre 4

Visiteurs inattendus

Un martèlement soutenu sur la porte de son appartement sort Robert de son sommeil matinal. En fait il est presque dix heures. Qui peut bien venir le visiter si tôt un samedi ?

Entre quelques bâillements, il enfile sa robe de chambre et, les cheveux en broussaille, il déverrouille la porte. Deux hommes s'élancent vers lui. L'un d'eux l'empoigne par l'encolure de son vêtement tandis que l'autre s'assure de bien refermer la porte derrière eux.

— Où est Raymond, crie l'attaquant ?
— Quoi ? Que me voulez-vous ?
—.Je t'ai posé une question, petit minable ! Où est Raymond Bérubé ?
— Je n'en ai aucune idée. Je ne l'ai pas vu depuis trois jours. Vous lui voulez quoi au juste ?

Exaspéré par cette réponse insatisfaisante, l'homme repousse violemment Robert et celui-ci s'affale de tout son long sur le plancher. Aussitôt, il se sent soulevé, tel un fétu de paille, par les mains puissantes de l'inconnu.

Moins corpulent, plutôt chétif, son comparse s'approche à son tour, brandissant sous le menton de Robert la longue lame d'un couteau à cran d'arrêt. Les traits de son visage sont d'une dureté à faire pâlir le plus brave d'entre les braves et Robert frémit de peur en l'apercevant.

— Bérubé doit douze mille dollars à un certain Mendès. Ce nom te dit peut-être quelque chose ?

— Je n'ai jamais entendu ce nom. Je ne le connais pas.

— Tu n'as pas à le connaître. Tout ce que nous voulons de toi, c'est que tu nous dises, tout de suite, où on peut trouver Raymond Bérubé. Pas compliqué ça, il me semble.

— Je vous jure que je n'en sais rien. Nous nous sommes disputés, il y a trois jours et je ne l'ai pas revu depuis. Vous pouvez me croire, c'est la vérité.

Le visage joufflu du plus gros des deux collecteurs se tord soudainement dans une grimace de déception. Son regard perçant pénètre celui de Robert pendant un long moment comme pour tenter de scruter l'intérieur de son cerveau à la recherche de la vérité. Son exploration semble lui procurer un certain contentement, car Robert sent que son étreinte se relâche lentement.

— Bon d'accord. Je ne demande pas mieux que de te croire, lance-t-il d'un ton beaucoup moins agressif que précédemment. Tu ne sais pas où il est, c'est bien. Alors tu vas le trouver et lui faire le message à notre place. Tu vois, nous sommes tout de même de très bons garçons. Tu lui diras qu'il doit remettre treize mille dollars à Monsieur Mendès d'ici une semaine.

—.Vous n'aviez pas dit douze mille?

—.C'est que ça monte rapidement quand le client que nous cherchons n'est pas disponible.

— Et si je ne le trouve pas !

— T'as intérêt à le trouver, petit. Crois-moi, vaut mieux que tu y mettes tous les efforts nécessaires. Comme tu peux voir, la somme due augmente rapidement d'une semaine à l'autre pour compenser les délais accordés. Mais il y a cependant une limite de temps à respecter. Personne ne peut faire traîner une dette de jeu « ad vitam aeternam ». Il faut payer un jour. Et ce jour est arrivé pour Bérubé.

— Treize mille dollars ! Sans quoi il risque de ne pas profiter de la vie très longtemps. Est-ce bien clair dans ta petite tête !

Robert tourne des yeux effrayés vers le freluquet qui mime une décapitation en promenant la lame de son couteau à moins de deux centimètres de sa gorge. Dans son subconscient il ressent une douleur alors qu'il s'imagine être charcuté par l'homme au visage d'acier. Malgré sa frêle corpulence, il possède une cruauté dix fois supérieure à son comparse pourtant de stature beaucoup plus imposante.

— Je lui dirai. Je le trouverai et je ferai le message. C'est promis.
— Là tu parles à mon goût, s'exclame le joufflu d'une voix enjouée ! Fais lui bien comprendre que jamais personne n'a réussi à berner Monsieur Mendès et que ce n'est pas lui qui va y parvenir. Tôt ou tard, Monsieur Mendès lui fera payer son affront.

La tête légèrement penchée sur le côté et un sourire narquois accroché aux lèvres, le freluquet se dirige vers la porte de sortie en enfouissant son arme au creux de sa poche de pantalon. Le mastodonte tapote doucement l'épaule de Robert, dont les tremblements n'ont pas cessé, puis, à l'instar de son acolyte, quitte l'appartement.

Les muscles du jeune homme se détendent instantanément et il se laisse choir sur le divan près duquel il avait été acculé par les sombres individus.

Comment Raymond a-t-il pu en venir à se monter, encore une fois, une dette de jeu de cette envergure ! Il est totalement inconscient. Le fait d'avoir ruiné leur père ne l'a pas incité à plus de bon sens. Sa conduite est absolument aberrante. Sans compter que Richard, leur frère cadet, s'est vu dans l'obligation d'abandonner ses études à cause de Raymond puisque ce dernier s'était, par un subterfuge déloyal, approprié sa bourse octroyée par le gouvernement. Raymond est un véritable démon qui répand le mal autour de lui.

L'espace d'un instant, Robert se demande même s'il ne devrait tout simplement pas oublier la visite des représentants du fameux Mendès et laisser son frère subir le sort qu'il mérite. Non ! Ce n'est pas du tout son genre. Celui de Raymond, peut-être, mais pas le sien. Au contraire, il se doit de tout mettre en œuvre pour le retrouver. Et même l'aider s'il y a lieu.

Robert jette un rapide coup d'œil à sa montre. Onze heures. Au même moment, il entend le grésillement de l'alarme de son réveil matin et il s'empresse de se rendre à sa chambre afin de le faire taire. C'est l'heure du bain. Ce dernier lui procurera certainement le long moment de détente dont il a besoin pour se remettre de ses émotions.

Le fait de se baigner est devenu pour lui un incontournable chaque samedi et dimanche à onze heures. Une sorte de rituel auquel il ne veut déroger en aucune façon. Par surcroît, le dimanche, une autre habitude s'est incrustée dans sa vie, Éloïse vient lui rendre visite et après un dîner plus ou moins rapide, ils font l'amour comme des déchaînés.

Cette agréable pensée dépose sur ses lèvres un large sourire et efface d'un seul coup les dernières traces de la visite des collecteurs dans sa mémoire. Néanmoins au bout de quelques minutes, Robert revient les deux pieds sur terre et songe à se mettre en branle afin de retrouver son frère pour l'avertir du danger qui le guette.

À regret, le jeune homme quitte la chaleur de sa baignoire et sans même se vêtir, il se rend au salon pour se saisir du combiné téléphonique. L'aide d'Éloïse ne sera pas superflue. Elle sait peut-être où se trouve Raymond. Souvent le hasard fait bien les choses. Vaut mieux ne rien négliger.

— Salut ! Tu vas bien ?

En quelques mots, Robert raconte à son amie de cœur la visite des deux comparses à la solde du dénommé Mendès et insiste sur le sérieux de la situation qu'Éloïse tend à minimiser.

« Le play boy est dans la merde, à ce que je vois. Remarque que cela ne me surprend pas du tout. C'est exactement son genre ça. Enfin! Si tu me demandes de t'aider, je le ferai. Mais si je le fais, c'est pour toi et non pour lui. »

— Je te remercie ma chérie. Si ce n'était pas si grave, je le laisserais se débrouiller tout seul, mais il est évident que ces fiers à bras vont mettre à exécution leurs menaces si Raymond ne donne pas signe de vie.

« Crois-tu qu'il se donnerais tout ce mal pour toi? »

— J'ose l'espérer, en tout cas.

« Moi j'en doute. Néanmoins, je t'approuve de vouloir lui venir en aide. Après tout, c'est ton frère, »

— Je vais me rendre, cet après-midi, dans certains bars où il a l'habitude d'aller. La plupart vont ouvrir dans une heure ou deux. Si j'ai de la chance, je le trouverai peut-être en train de jouer aux cartes quelque part. Pendant ce temps tu peux téléphoner à tes amies. Il est possible qu'elles l'aient vu ces derniers jours.

« D'accord. On y va. On se reparle bientôt. »

— Donne-moi un coup de fil si tu apprends quoi que ce soit. Sinon, je t'attends demain matin, comme d'habitude. Encore une fois, merci.

Après quelques secondes, les deux amis raccrochent en même temps. Robert s'empresse de s'habiller et après s'être enfilé un sandwich, il quitte à regret son appartement. Une journée qu'il avait réservée pour étudier va s'envoler et, encore une fois, c'est Raymond qui en est responsable.

Pendant des heures et des heures, Robert visite les établissements susceptibles de renfermer des joueurs de cartes, mais son frère demeure introuvable. Personne ne l'a vu ces derniers jours et l'inquiétude commence à gagner le jeune homme. S'il lui était arrivé quelque chose de fâcheux, il se le reprocherait le reste de sa vie. Après tout, c'est lui qui est responsable de la fugue de

Raymond. Dans un certain sens, en tout cas. Évidemment, Raymond n'est plus un enfant, mais sa violente réaction de l'autre soir n'était en fait rien d'autre qu'un caprice enfantin.

De son côté, Éloïse met tous les efforts nécessaires pour joindre au téléphone le plus de gens possibles qui connaissent Raymond, mais encore là, personne ne sait où il se trouve. Comme s'il s'était brusquement volatilisé, sans laisser de trace.

Chapitre 5

Retrouvailles

Attablé dans un Tim Horton de la rive sud, Raymond attend impatiemment devant un grand café noir et lève régulièrement la tête en direction de la porte d'entrée dans l'espoir de reconnaître parmi les nouveaux arrivants, la personne avec laquelle il a rendez-vous.

Tout à coup, une jeune femme aux longs cheveux bruns et au visage d'ange, fait son entrée. Les traits de Raymond s'illuminent enfin. D'un geste de la main, il l'invite à le rejoindre à sa table. Celle-ci se dresse près d'une fenêtre, dans le coin le plus reculé du restaurant. Avec une démarche, digne d'un mannequin, la jeune femme zigzague gracieusement entre les tables jusqu'à atteindre celle où se trouve Raymond.

— Comment vas-tu ma jolie Marie-Anne, fait aussitôt Raymond en embrassant son invitée sur les joues.
— Ce n'est pas le Pérou, mais ça peut aller.
— Ça fait longtemps que l'on ne s'est pas vu. Tu dois avoir beaucoup de choses à me raconter ?

Marie-Anne fixe ses petits yeux noisette et adorablement bridés sur son vis-à-vis tout en faisant la moue. Raymond agit comme s'ils étaient de véritables amis alors qu'ils ne se sont rencontrés que deux fois durant les trois dernières années. Et ces rencontres étaient d'ordre sexuelles seulement, rien de plus.

— Que me veux-tu au juste, Raymond ? Je ne crois pas que tu m'aies donné rendez-vous pour t'enquérir de ma situation. Alors ne tourne pas autour du pot, je t'en prie.

— Voyons ! Nous sommes quand même de vieux amis. Il est normal que je prenne de tes nouvelles. Tu ne crois pas ?

— De vieux amis ! Je n'irais pas jusqu'à dire ça. Je n'ai été, dans ta vie, qu'un jouet pour agrémenter des rares moments libres. Un simple objet de remplacement finalement.

Raymond ignore totalement les dernières paroles de Marie-Anne, puis avec douceur, saisit l'une de ses mains et plonge son regard enjôleur dans le sien. La jeune femme tressaille légèrement en sentant la chaleur de son compagnon qui se dégage de sa main et qui se communique à son propre corps. Jamais elle n'a oublié toute la douceur que cet homme pouvait lui procurer lorsqu'il lui faisait l'amour. C'est à ne pas y croire ! Va-t-il encore une fois réussir à l'embobiner comme il l'a si bien fait la dernière fois, il y a plus d'un an ? C'était pourtant clair, en acceptant ce rendez-vous, elle s'était juré de refuser toute avance qui l'amènerait à coucher avec lui. Mais là, rien n'est plus aussi évident. Son désir pour lui est toujours aussi présent que lors de sa première rencontre.

— Je ne t'ai jamais considérée comme un objet, Marie-Anne, tu le sais très bien. Ce sont les circonstances qui nous ont fait nous éloigner. Mais tu as toujours été bien présente dans ma tête, tu peux me croire.

— Je ne demande qu'à te croire. Mais je n'y arrive pas. Je suis désolée.

— Il le faut. Tu es la seule qui compte réellement pour moi. Tu es différente de ces filles qui fréquentent l'université et qui se donnent des airs artificiels pour se faire désirer et pour aguicher les gars. Toi, tu es vraie, authentique. C'est ce qui me plaît en toi.

— Pas suffisamment pour vouloir entretenir une relation sérieuse, n'est-ce pas ?

— Si tu m'avais posé la question il y a un an, j'aurais eu du mal à te répondre. Mais là, ma vision de la vie a beaucoup changé. Plus le temps passe et plus je me rends compte qu'on ne peut pas toujours faire la fête. Il est grandement temps de me ranger, de planifier ma vie avec une compagne que j'aime vraiment et de fonder une famille.

La jeune femme en est toute retournée. Elle doit rêver, c'est évident. Raymond Bérubé qui parle de cette manière. Ce n'est pas possible. Un homme à femmes comme lui, qui parle de se confiner dans une vie tout à fait normale, c'est de la fiction, y a pas de doute là-dessus.

— Et c'est à moi que tu as songée ?
— J'ai longuement hésité avant de te contacter. J'avais peur d'essuyer un refus de ta part. Et je dois avouer que je te comprendrais. Je t'ai tellement déçue dans le passé. Pourtant, cette fois, je suis sincère. Je te demande de me donner une dernière chance. Une seule chance ! Et si je te déçois de nouveau, alors tu n'auras qu'à me dire de partir et jamais plus tu n'entendras parler de moi.

Marie-Anne reste perplexe un long moment, ses yeux fixant l'homme pour qui son cœur a battu d'amour pendant de si longues années, mais que le temps a amenuisé. Elle sent pourtant cette flamme renaître de plus belle dans son âme en l'entendant lui proposer de se bâtir un avenir. Des hommes qu'elle a rencontrés depuis son adolescence, Raymond est le seul qui ait réussi à faire chavirer son cœur de la sorte. Inconsciemment, et même consciemment, c'est avec lui qu'elle a toujours voulu s'épanouir dans une vie familiale normale. Alors que ses espérances s'étaient dissipées, voilà qu'il lui offre de réaliser son plus grand rêve.

Étant incapable de prononcer le moindre mot, Marie-Anne esquisse simplement un léger mouvement de son corps vers l'avant, invitant Raymond à l'embrasser. Ce dernier s'exécute spontanément et ses lèvres épousent chaudement celles de la jeune femme, toute tremblante.

— Si tu le désires, je t'attendrai demain à mon appartement. Nous pourrions aller dîner quelque part, puis ensuite, nous pourrions aller nous balader. Tu décideras de l'endroit. Ça m'est égal, du moment que nous soyons ensemble.

Encore sous le choc, la jeune femme hoche la tête affirmativement. La proposition lui paraît tout à fait honnête et surtout alléchante. Mais le plus important c'est que, contrairement à la dernière fois, Raymond ne semble aucunement avoir l'intention de vouloir faire l'amour immédiatement avec elle. Cette fois, ce n'est pas parce qu'il est en manque de sexe !

— D'accord. Offrons-nous une journée entière en amoureux et nous verrons bien par la suite, s'il nous est possible de faire un bout de chemin ensembles.

Raymond expulse un long jet d'air de ses poumons en signe de satisfaction. Sa joie se reflète dans ses yeux. Marie-Anne en est heureuse et constate, par sa réaction, que ses sentiments pour cet homme n'ont jamais réellement changé.

— Je t'attendrai demain, entre onze heures et midi. Ensuite nous irons dans un chic restaurant.
— Je viendrai. Et pour nous mettre en appétit, nous pourrions dépenser une bonne quantité d'énergie. Si tu vois ce que je veux dire.

Raymond est comblé. Jamais il n'aurait pensé que cela serait aussi facile d'amener Marie-Anne à accepter de se rendre à l'appartement et surtout de l'inciter à faire l'amour.

— Excellente suggestion !

La jeune femme sourit en apercevant les étincelles dans le regard de son compagnon. Elle-même ne peut cacher sa joie et d'un élan impulsif, elle s'accroche à son cou pour l'engager dans un long baiser, sans se soucier de la multitude de gens qui les observent depuis déjà quelques minutes. Cependant, Marie-Anne se fout éperdument de tous ces voyeurs et se jure, intérieurement, que personne sur terre ne viendra nuire à son bonheur tant espérer avec l'homme de sa vie.

Durant d'interminables minutes, sa langue caresse celle de son amoureux, puis à regret, elle se retire lentement, hésitante.

— Il me vient une idée ! Ce serait vraiment agréable si demain, au sortir de mon bain à onze heures trente précises, je te retrouvais complètement nue, étendue sur mon lit à m'attendre. Je vois déjà cette image dans ma tête et, crois moi, son effet se fait ressentir dans tout mon corps.

— Ce serait merveilleux. C'est ce que je ferai. J'arriverai à onze heures quinze.

— Voilà le double de la clé de mon appartement. Tu pourras même la garder par la suite.

La jeune femme se saisit de la clé et la presse amoureusement sur son cœur. Ce rendez-vous qui, à prime abord, lui semblait être une très mauvaise idée s'avère être la consécration de ses espérances. Demain, elle entreprendra une nouvelle vie ! Néanmoins, une ombre surgit soudain sur son visage, mais cette dernière est de courte durée. Dès ce soir elle avisera son petit copain du moment, qu'elle reprend sa liberté et qu'il peut aller se faire voir ailleurs. De toute façon, il n'était qu'un passe-temps sans importance, même si ce dernier croyait le contraire. Bien sûr qu'avec le temps elle aurait pu l'apprécier d'avantage, mais tout a brusquement changé. À présent, il n'y a que Raymond qui existe dans le monde entier. C'est lui qui, sans équivoque, sera le père de ses enfants. Elle se sait. Elle le sent.

Chapitre 6

Le piège

Après avoir payé le montant dû au chauffeur de taxi, Éloïse gravit à la course les escaliers menant à l'appartement de Robert. Elle attend toujours avec la même impatience ce moment magique où elle vient retrouver son amoureux à chaque dimanche.

Ce matin, il y a pourtant quelque chose de particulier. Quelque chose qui n'a rien à voir avec leur amour. À la fin de la soirée d'hier, elle a reçu un appel téléphonique de la part de Raymond. Ce dernier semblait tout à fait désolé du différent survenu entre lui et son frère. Bien entendu, Éloïse l'a aussitôt informé de la visite des collecteurs du dénommé Mendès. Raymond n'y comprenait rien à tout ça et a qualifié la visite des deux compères de regrettable malentendu, une erreur grotesque. Afin de clarifier la situation, Raymond viendra lui-même expliquer à Robert de quoi il retourne au juste de cette histoire farfelue.

Avant d'insérer la clé dans la serrure, Éloïse jette un regard à sa montre bracelet. Onze heures vingt-cinq. Juste à temps pour se mettre à l'aise en attendant que Robert termine de se baigner et environ une demi-heure avant que Raymond ne vienne se joindre à eux pour le dîner. Robert en sera sûrement ravi. Non pas seulement à cause du fait que Raymond a enfin donné signe de vie et qu'il pourra l'avertir du danger qui le guette, mais surtout parce qu'il aura l'occasion de se réconcilier avec lui. D'ailleurs, Raymond lui-même en est heureux. C'est pourquoi il a demandé à Éloïse de ne pas parler à Robert de sa visite de ce matin. Il tient absolument à lui faire une surprise.

Heureuse du dénouement de cette petite chicane de famille et empreinte d'une fébrilité difficile à contenir, trop incertaine de pouvoir garder le secret jusqu'à l'arrivée de Raymond, elle pénètre dans l'appartement.

Aussitôt la porte refermée derrière elle, la jeune femme est envahie d'une étrange sensation. Humant l'air un court instant, elle détecte avec stupeur l'odeur d'un parfum d'ilang-ilang qui flotte dans la pièce. Un parfum qu'elle déteste. L'ayant expérimenté quelques années auparavant, elle en avait été grandement déçue.

Malgré que la porte de la salle de bain soit fermée, elle décèle quelques clapotis prouvant que Robert s'y trouve toujours. Ses yeux se retournent instinctivement vers la chambre à coucher. La porte est entrouverte alors que normalement elle est grande ouverte. Intriguée, Éloïse traverse lentement le petit salon, puis s'immobilise brusquement, stupéfaite. Par l'entrebâillement de la porte, elle aperçoit une femme couchée dans le lit de Robert. Elle est complètement nue.

Ne pouvant en croire ses yeux, Éloïse échappe un cri d'indignation. L'inconnue sursaute et, d'un geste se voulant être un réflexe incontrôlable, elle attire sur elle une couverture afin de dissimuler sa nudité à l'intruse.

— Que fais-tu ici, cri Éloïse possédée par une rage soudaine? Qui es-tu?

Hébétée par l'arrivée inattendue d'Éloïse, Marie-Anne n'arrive pas à formuler la moindre parole, les mots s'entassant dans sa gorge totalement asséchée. Elle se sent complètement perdue. Qui est cette furie qui vient rendre une visite impromptue à Raymond? Est-ce son ancienne flamme qui ne veut absolument pas être mise de côté? Quoi qu'il en soit, pas plus tard qu'hier après-midi, les choses entre elle et Raymond se sont clarifiées à son avantage. Alors c'est à elle que revient le privilège de se trouver dans le lit de l'homme qu'elle aime et non à cette blonde délirante qu'elle ne connaît même pas.

Au moment où Marie-Anne ouvre la bouche pour exprimer à son tour sa colère, Éloïse exécute une brusque volte-face et s'élance vers la salle de bain dont la porte vient à peine de s'ouvrir. Alerté par la tempête d'invectives emplissant son appartement, Robert avait bondi de son bain pour tenter de comprendre ce qui se passait.

Avant même qu'il n'ait le temps de demander à quoi sont dues ces effusions de cris, Éloïse le frappe brutalement en pleine figure et d'un même élan, son genou atterrit lourdement dans son entrejambes.

— Salaud ! Tu n'es qu'un parfait salaud, Bérubé ! Je ne veux plus jamais te revoir ! Tu m'entends ! Jamais ! Reste avec ta petite traînée et allez pourrir en enfer !

Le souffle coupé, Robert s'effondre sur le plancher tout en se tordant de douleur. Sa voix tremblante tente de balbutier son incompréhension sans pouvoir y parvenir. Éloïse jette un dernier regard dégoûté sur le corps nu de celui qui l'a effrontément trompée, puis quitte l'appartement en trombe.

Ce n'est qu'au bout d'une minute que Robert réussit à reprendre son souffle et à se remettre sur pieds. Haletant et grimaçant, il se retourne lentement vers sa chambre. Encore une fois, sa respiration se coupe instantanément. Une jeune femme à demi nue, aux cheveux bruns, se tient dans l'embrasure de la porte.

— Qui es-tu, demande Robert, surpris par la présence de cette femme ?
— Et toi ! Qui es-tu ?

Chapitre 7

L'accident

Onze heures dix.

À bord de son automobile, Raymond file à toute vitesse sur une petite rue déserte longeant la Rivière des Prairies. Il est en avance sur son temps, mais c'est voulu. Il préfère avoir à attendre un bon moment plutôt que d'arriver en retard et manquer le spectacle.

Le véhicule s'engage à vive allure dans une courbe et est déporté légèrement vers la gauche. Raymond tourne brusquement le volant afin de se maintenir dans sa voie, mais l'Intrepid bondit sur celle de droite, au moment précis où arrive, en sens inverse, une petite voiture grise.

Surpris par l'apparition subite de Raymond, l'autre conducteur dévie de sa course et vient percuter un garde-fou d'une extrême solidité. La voiture grise zigzague un instant, puis dans un bruit de ferraille, effectue quelques tonneaux pour finalement s'enrouler autour d'un immense chêne s'élevant en bordure de la rue.

Dans un crissement de pneus infernal, l'Intrepid de Raymond s'arrête et ce dernier s'en extirpe aussitôt pour aller constater les dégâts. De la fumée s'échappe de la petite auto accidentée, laissant présager un début d'incendie. Prudemment, Raymond s'en approche.

Par miracle, les quatre passagers sont encore vivants. Sur la banquette arrière, deux enfants en bas âge sont retenus prisonniers dans leur siège d'appoint. À l'avant, côté passager, une femme tourne frénétiquement la tête de gauche à droite, balayant l'air de ses bras dont l'un a une fracture ouverte. Le conducteur, un homme début trentaine, visiblement sonné par l'impact, tourne des yeux hagards en direction de Raymond.

Nerveusement, l'inconnu tente d'ouvrir sa portière, mais celle-ci s'y refuse. La tôle est beaucoup trop froissée pour espérer à la faire bouger.

Raymond l'observe sans un geste.

Sa montre indique onze heures quinze. Encore personne aux alentours, comme si le bruit de l'accident s'était perdu dans la solitude de ce coin reculé de Montréal.

— Aide nous ! Je t'en prie, fais sortir ma famille de la voiture avant qu'elle ne prenne feu !

Raymond hésite. La portière est beaucoup trop endommagée pour espérer réussir à l'ouvrir.

— Je vais téléphoner aux policiers.
— Aide nous, répète l'homme dans un souffle à moitié couvert par les hurlements des enfants.

Aucun témoin sur la route. Personne pour venir en aide aux infortunés. L'heure qui file trop vite à son goût, et ces lamentations de la femme totalement déboussolée, et ces cris, et ces pleurs d'enfants qui lui percent les tympans !

Tout à coup, des flammes apparaissent à l'avant du tas de ferraille. Si les occupants ne sortent pas immédiatement, ils seront grillés.

Raymond se sent blanchir. Une main attrape soudainement sa chemise et l'attire vers la fenêtre de l'auto à demi écrasée. Les yeux de l'homme sont désemparés et donnent une vision cauchemardesque au reste de son visage ensanglanté.

— Fais vite. Je t'en supplie. Par pitié. Sauve mes enfants !

Raymond recule d'un pas tout en arrachant la main crispée de l'homme, trop faible pour maintenir son emprise.

Onze heures vingt-cinq.

— Je dois absolument partir.

Ces paroles cruelles semblent soudainement redonner à l'homme un regain d'énergie incroyable. De son épaule, il frappe violemment la portière jusqu'ici inébranlable. Pourtant l'assaut du forcené la fait bouger légèrement dans un grincement d'enfer.

— Ne reste pas là planté à ne rien faire, cri l'homme ! Aide-moi !

— Je vais alerter les secours.

— Non ! Il est trop tard ! Faut faire vite ! Sors-moi de là !

— Désolé. Je n'ai pas le temps. Je dois partir.

— Un salaud comme toi, ne mérite que l'enfer. Je t'y conduirai !

Sans rien rajouter, Raymond tourne les talons et cours jusqu'à son véhicule. Derrière lui, les cris d'horreur de l'homme tentent de le ramener à la raison, mais Raymond ne l'entend plus. Aussitôt installé derrière le volant de l'Intrepid, il appuie sur l'accélérateur et quitte les lieux. Par son rétroviseur, il voit tout à coup s'élever un énorme bouquet de feu et de fumée, parsemé d'une multitude de débris.

— Ces malheureux n'ont vraiment pas eu de chance.

Raymond ferme les yeux l'espace d'un instant et tente de se convaincre qu'il n'y pouvait rien. Il y parvient, rejetant aussitôt la faute sur l'autre conducteur. Ce dernier a très mal évalué la situation. Au lieu d'aller percuter le garde-fou, s'il avait maintenu son véhicule sur la route, l'accident aurait été évité. Ce n'est pas sa faute si le gouvernement octroie des permis à des incompétents.

Onze heures trente.

Encore quelques minutes et il arrivera à destination. Ses mains, encore légèrement tremblantes, se crispent tout à coup au volant alors, qu'en pleine figure, lui apparaît un feu de circulation l'invitant à s'arrêter. Jetant un regard rapide vers la gauche, puis vers la droite, Raymond constate qu'aucun véhicule n'approche de l'intersection et, ignorant le feu rouge, il reprend sa route.

Onze heures trente-cinq.

Raymond se gare en bordure du trottoir à une centaine de mètres de l'immeuble où habite son frère Robert. Il est anxieux de savoir si son plan a fonctionné et si la belle Marie-Anne a réussi à provoquer l'effet escompté.

Soudain, au moment où Raymond est sur le point de vérifier l'heure encore une fois, une jeune femme blonde sort en courant de l'immeuble. Elle a visiblement l'air complètement affolé. Raymond sourit.

Incontestablement traumatisée par la présence de la femme nue dans le lit de Robert, Éloïse n'arrive plus à penser de façon cohérente. Tout ce qui compte en fait, c'est de fuir cet endroit. Fuir l'homme en qui elle avait mis toute sa confiance et qui l'a trahie.

Après avoir savouré sa victoire pendant quelques secondes, Raymond quitte son point d'observation et s'empresse de rejoindre la malheureuse.

Arrivé à sa hauteur, il ralentit jusqu'à s'arrêter et d'un geste de la main, l'invite à monter. Sans paraître surprise outre mesure, Éloïse contourne le véhicule et vient s'installer sur le siège passager. Son visage torturé par la rage et rougit par ses pleurs incessants, elle n'ose tourner la tête en direction de Raymond dont elle sait le regard posé sur elle.

— Mais veux-tu bien me dire ce qui te bouleverse de la sorte ?

Sans répondre, Éloïse sanglote en recouvrant son visage de ses mains, puis, après une longue et profonde respiration, elle lève résolument la tête.

— Démarre, s'il te plaît.
— Pour aller où ?
— Où tu voudras bien m'amener. Ça m'est tout à fait égal. À condition que ce soit loin d'ici.

Raymond sent son cœur bondir de joie dans sa cage thoracique. Cependant, il se garde bien de ne pas laisser les traits de son visage le trahir. Il se félicite intérieurement d'avoir manœuvré de main de maître pour atteindre son but. Mais, maintenant qu'il a semé la pagaille dans son entourage, il est également temps pour lui de mettre les voiles.

D'un signe de la tête, Raymond acquiesce à la demande d'Éloïse et sans attendre davantage, il appuie à fond sur l'accélérateur.

Chapitre 8

Descente aux enfers

Totalement éberlué par ce qui vient de se produire, Robert reste figé sur place un long moment avant de réagir. Puis, réalisant que s'il ne se bouge pas plus rapidement, il perdra sa bien-aimée à jamais. D'un bond, il se rend à sa chambre, se saisit d'un pantalon qu'il enfile aussitôt, puis se lance à l'extérieur, espérant rejoindre Éloïse. Il ne peut croire que leur belle histoire d'amour se termine dans un aussi stupide malentendu. C'est à n'y rien comprendre.

Sous ses pieds nus, les marches des escaliers se dérobent à une vitesse incroyable. Haletant, il atteint enfin la porte de sortie de l'immeuble, puis en moins de deux secondes, il se retrouve sur le trottoir. Ce dernier est presque désert. Quelques enfants y jouent à la marelle et une vieille dame, vêtue de ses habits du dimanche, les observe. Aucune trace d'Éloïse.

Elle ne peut pourtant pas être bien loin.

Affolé, Robert cours dans tous les sens. Il s'arrête brusquement près de la vieille dame pour l'interroger, mais cette dernière, prise de panique en se croyant agressée, lève son sac à main dans le but de le frapper. Sans insister, conscient qu'il n'apprendra rien de la part de la vieille, Robert reprend sa course folle. Ses yeux scrutent désespérément les alentours. Éloïse demeure invisible. Sur la rue, aucune voiture de taxi en vue. Il revient sur ses pas, croise encore la vielle dame, toujours sur la défensive, puis s'arrête. Son regard se fige. Très loin, il croit reconnaître le véhicule de Raymond qui effectue un virage pour emprunter une autre rue. Mais cela l'indiffère totalement. Pour le moment, l'important n'est pas de prendre contact avec son frère, mais de retrouver Éloïse.

Cependant, au bout de quelques minutes, il doit se rendre à l'évidence que cette dernière est déjà loin et que pour l'instant, il lui est impossible de la rejoindre.

Penaud, Robert retourne lentement vers son appartement. L'étrangère y est toujours, son visage inondé de larmes. Elle semble absolument abattue.

— Qui es-tu ?
— Je m'appelle Marie-Anne Michaud. Et je suis sincèrement désolée de ce qui vient de se passer.
— Pas autant que moi. Qu'est-ce que tu es venue faire dans mon appartement ? Et puis comment es-tu entrée ?

Du revers de la main, la jeune femme essuie ses yeux mouillés. Après quelques reniflements, elle tourne enfin vers Robert un regard rempli d'amertume, de compassion.

— Je crois avoir tout compris.
— Tout compris quoi ?
— Il nous a bernés tous les deux.
— Il nous a bernés ! Mais de qui parles-tu ? Je n'y comprends absolument rien. Tu es folle ou quoi ?
— Dans un sens, oui je suis folle. Folle de l'avoir cru encore une fois.

Robert laisse échapper un long soupir d'incompréhension d'entre ses lèvres. Cette femme a décidément perdue la tête et ne sait même pas de quoi elle parle. Il sent la colère reprendre le dessus dans son esprit. Si cette femme ne se met pas bientôt à table, il va la forcer à lui fournir des explications. Pourtant il se doit d'être patient s'il veut espérer avoir des réponses à ses questions. La violence n'arrange rien.

— Allons, parle. Dis-moi enfin ce que tu fais ici ?

— J'avais rendez-vous avec Raymond Bérubé. Tu es également un Bérubé, alors j'imagine que c'est ton frère. Ce n'était en fait, qu'un coup monté pour provoquer une rupture entre toi et ton amie. Enfin c'est ce que je crois.

— Tu divagues complètement. Pourquoi Raymond ferait une telle chose ? Ça n'a aucun sens.

— Je ne sais pas. Peut-être pour te la ravir.

— Va me falloir plus d'explications. Plus plausibles.

— Ouvres toi les yeux ! Ton frère a tout manigancé pour te voler ta petite amie ! Comment crois-tu que je suis entrée ? Par effraction ? Pourquoi je me serais couchée nue dans ton lit alors que je ne te connais même pas ? Comment ai-je fait pour savoir que tu étais dans ton bain et que la voie était libre ? Ça ne te donne pas à réfléchir ça ? Raymond m'a donné rendez-vous ici, à onze heures quinze précises, en me demandant d'être nue à la sortie de son bain. Il m'a même donné une clé pour entrer. Et moi, comme une parfaite imbécile, j'ai marché.

La physionomie méfiante de Robert se transforme tout à coup. Cette femme paraît tellement sincère dans ses explications qu'il est tenté de la croire. Il doit admettre que ce genre de subterfuge entre totalement dans les cordes de son frère. Cependant, Raymond n'a jamais démontré le moindre intérêt pour Éloïse, alors pourquoi aujourd'hui en serait-il autrement ? Existerait-il quelque chose entre eux, une certaine attirance, sans qu'il ne le sache ? Auraient-ils préparé cette mise en scène ensemble pour qu'Éloïse ait un prétexte de rompre ? Pas elle, non !

Les yeux de Robert s'agrandissent soudainement. Une image refait surface dans sa tête. Celle de l'Intrepid de Raymond qu'il croit avoir aperçu sur la rue, un peu plus tôt, au moment où il cherchait éperdument Éloïse. Cette dernière s'était volatilisée rapidement. Beaucoup trop rapidement d'ailleurs.

— Je suis absolument navrée de tout ça. Je n'avais aucune idée de ce que Raymond préparait.

— Tu es peut-être de connivence avec lui… avec eux ?

— Définitivement pas ! Jamais je ne me serais abaissée de la sorte. Et crois-moi, j'y perds beaucoup plus que j'y gagne dans cette manipulation. J'ai congédié mon petit ami, hier soir, dès mon retour à l'appartement après ma rencontre avec ton salaud de frère. Ce n'était peut-être pas le grand amour avec Sébastien, mais il m'apportait une certaine sécurité. Maintenant, je me retrouve seule, sans argent, sans abri, sans rien. Raymond va me le payer ! Je te jure qu'un jour je me vengerai pour tout le mal qu'il me fait !

La jeune femme s'effondre en larme sur le divan qu'elle martèle un long moment de ses poings pour exprimer la rage au cœur qu'elle ressent.

En toute autre circonstance Robert aurait été réellement touché, même attristé, par le malheur de Marie-Anne. Mais sa propre souffrance l'empêche de démontrer la moindre empathie envers celle-ci. La femme de sa vie s'est jouée de lui pour s'enfuir avec son propre frère. Raymond est un monstre ! Un monstre sans cœur, ni âme.

De longues minutes s'écoulent dans le quasi silence, meublé des sanglots de l'inconsolable Marie-Anne qui voit sa vie totalement détruite par celui en qui elle a cru inconditionnellement comme une sotte.

De son côté Robert semble perdu. Comme s'il ne réalise pas encore qu'il vient de perdre définitivement son Éloïse. Pourtant, il sait pertinemment que c'est sans espoir. Jamais il ne pourra se remettre de cette honteuse trahison de sa part. Et Raymond ! C'est sûrement le véritable coupable ! Tôt ou tard, il aura à répondre de ses actes. Robert s'en fait la promesse.

— Je le tuerai, hurle haineusement la jeune femme en bondissant sur ses pieds !

Avec de longues enjambées, elle file aussitôt vers la porte. Elle n'a plus rien à faire dans cet appartement. D'ailleurs ce n'est pas ici qu'elle trouvera le réconfort dont elle a besoin. La présence d'une amie sera assurément beaucoup plus appropriée que celle de ce pauvre homme qui ne semble déjà plus faire partie de ce monde.

— Je suis vraiment désolée, soupire la jeune femme à l'endroit de Robert dont l'indifférence est sans équivoque.

Elle referme la porte derrière elle, alors que l'homme ne lève même pas un regard dans sa direction, comme si elle n'existait pas. Plus rien n'existe en fait. Dans sa tête c'est le néant.

*

Robert reste terré pendant des semaines dans son appartement sombre. Ses joues creusées par la fatigue et une malnutrition évidente dénotent un laisser-aller total de sa part. Le goût de vivre a quitté son esprit, il est littéralement démoli. La disparition d'Éloïse lui a causé des dommages psychologiques importants, presque irréparables.

Un mois plus tard, c'est sous l'aile paternelle d'Armand qu'il est venu panser ses blessures, mais ces dernières ont laissé des cicatrices qui ne disparaîtront jamais. Même Richard a été mis à contribution pour l'aider à remonter la pente.

Convaincant, Armand a réussi un tour de force en faisant accepter au cadet de ses fils à revenir vivre à la maison malgré la réticence de ce dernier. C'est, en quelque sorte, pour lui, une thérapie qui consiste à faire du bien à celui à qui Raymond a fait du mal. Cependant, cette thérapie ne diminue en rien la haine et le dégoût qu'il éprouve pour l'aîné de la famille. On dit que le temps amenuise le désir de vengeance. Dans certains cas, le temps le nourrit.

Pour augmenter à son abattement, il reçu à nouveau la visite des fiers à bras de Mendès. Après s'être fait tabassé brutalement pour ne pas avoir respecté son engagement de retrouver Raymond, il a dû vendre son auto afin de payer la dette de ce dernier.

Cette expérience traumatisante a malheureusement été la goutte faisant déborder le vase en l'affligeant de séquelles psychique permanentes.

Robert a finalement réussi à surmonter sa peine et son désespoir, appuyé par les paroles réconfortantes de Bruno Trottier, curé de la paroisse où il vivait. Ayant abandonné l'archéologie et ses ambitions d'explorer le monde entier, il s'est jeté à corps perdu dans la religion afin d'y trouver un certain équilibre psychique. Un repos de l'âme pour calmer sa douleur.

Il dut quitter la maison d'Armand, mais revint très régulièrement rendre visite à ce dernier. Celles-ci se sont faites moins fréquentes après la mort tragique du curé Trottier. En compagnie de Robert, le vieil homme était tombé d'une échelle en tentant d'accrocher des décorations de Noel dans la mezzanine de l'église. La chute avait été terrible, près de dix mètres. Son corps avait tout d'abord heurté la rambarde de la mezzanine avant de basculer dans le vide pour s'écraser au beau milieu de la grande allée.

Robert s'était occupé de quelques-unes des tâches du vieux curé jusqu'à ce que son remplaçant soit nommé. Il aurait espéré être ce remplaçant, mais c'était impossible pour lui, car il n'avait pas encore prononcé ses vœux et l'évêché refusa d'attendre qu'il soit prêt. En plus, sa fragilité psychologique l'obligea à vivre plusieurs périodes de retraite dans une maison vouée à cette fin.

Chapitre 9

L'enterrement

Dix années plus tard.
L'immense couche nuageuse, qui jusqu'ici stagnait dans le ciel, décide enfin de se dissiper pour laisser toute la place au soleil. Il va s'en dire que c'est assez surprenant, car habituellement lors d'un enterrement, la voûte céleste s'efforce d'être la plus lugubre possible.

Le prêtre lève les bras une dernière fois en invoquant le Seigneur pour qu'il pardonne les péchés d'Armand Bérubé avant que son âme n'aille le rejoindre dans son royaume. Les quelques personnes présentes jouent le jeu en répondant aux prières de l'homme d'église. Les mots miséricorde et pardon employés fréquemment par le prêtre laissent un goût amer dans l'esprit de Robert qui, quelques années auparavant, aurait bien voulu voir ces mots disparaître du dictionnaire. Néanmoins, tout comme les autres témoins de la scène, il les prononce machinalement à l'invite du prêtre.

Après une longue maladie, Armand Bérubé s'est éteint au milieu de la nuit dans une salle commune de l'hôpital Notre-Dame, en présence de Robert qui était à son chevet depuis de longues heures. Jusqu'à son dernier souffle, il n'a cessé d'évoquer ces mots de pardon envers son fils aîné pour lequel ses deux autres fils n'arrivaient à éprouver le moindre sentiment de pitié.

Robert serait-il en train de douter de ses convictions religieuses? Non, cette réticence envers ces mots n'est que passagère. Une simple prière le ramera dans le droit chemin et lui rendra sa foi inébranlable.

Le prêtre referme enfin son livre de prières et invite le petit groupe à se signer de la croix une dernière fois en présence d'Armand. Richard laisse échapper un grand soupir de soulagement, heureux que la cérémonie soit enfin terminé. Tous les regards se retournent vers lui et dans leurs yeux brillent une lueur de désapprobation. Un enterrement n'est certes pas une cérémonie réjouissante, mais il faut tout de même en respecter le déroulement. Cependant cela ne semble déranger aucunement Richard si la petite assemblée est offusquée par son signe d'impatience et d'un geste de la main, il leur signifie qu'il n'a rien à foutre avec leur air respectueux, sachant très bien que c'est de l'hypocrisie.

Les quelques voisins d'Armand et des cousins de la famille Bérubé s'éloignent lentement de la fosse alors que le croque mort actionne la manivelle pour faire descendre le cercueil de quelques centimètres. C'est le signal indiquant la dissolution de la cérémonie.

Plus loin, aux abords du cimetière, un homme d'une quarantaine d'années, aux cheveux noirs mal coupés et aux yeux sombres, marche de long en large, en boitillant entre les monuments. De toute évidence, il attend qu'il n'y ait plus âme qui vive près de la fosse pour venir terminer son travail de fossoyeur. Il est déjà quatre heures de l'après-midi et il doit être impatient de terminer sa journée de travail. Cependant, même en se déplaçant sans cesse, il ne quitte jamais des yeux les deux fils du défunt comme s'il épiait leurs réactions.

— Il sera beaucoup plus heureux comme ça, lance Robert. Je suis certain que le Seigneur lui a gardé une place auprès de lui.

— T'as raison. Fini les problèmes pour lui. Je l'envie.

— Ne parle pas comme ça Richard. Il te reste encore beaucoup de choses à vivre. Il n'en tient qu'à toi pour que celles-ci soient agréables.

Richard secoue la tête. D'avoir quitté la rue pour venir vivre avec son père ne lui a rien apporté de plus. Sauf, bien sûr, un toit pour s'abriter et des repas quotidiens. Ce qui n'est pas négligeable en soi, mais qui ne procure rien d'autre qu'une certaine sécurité. La liberté et l'impression de ne pas être confiné dans un système oppressant sont plus importantes pour le respect de soi-même.

— Son fiston adoré ne s'est même pas pointé pour un dernier salut, ironise Richard.

— Il ignore peut-être qu'il est mort. J'ai bien fait paraître la nouvelle dans les rubriques nécrologiques de tous les journaux, mais rien ne nous dit qu'il est encore au Québec. J'ose espérer qu'il serait venu à l'enterrement s'il avait su.

— Tu rêves mon pauvre Robert. Raymond se fout totalement de sa famille. C'est un homme sans cœur, sans foi, sans loi. Tu devrais pourtant le savoir ça. Après ce qu'il nous a fait à tous deux. Ne me dis pas que tu as tout oublié.

— Oublié. Non. Pardonné. Je ne sais pas. Père nous a demandé tellement souvent de passer l'éponge sur les événements malheureux du passé que j'en suis rendu à me poser des questions. Cette haine au fond de mon cœur n'a été qu'une entrave aux moments de bonheur que j'aurais pu vivre. En plus, ma foi en Dieu m'a permis de la contrôler et d'en venir à la conclusion que c'est le démon qui a été responsable des agissements de Raymond.

— Bon ! Je crois qu'il est temps de partir. Je ne tiens absolument pas à reprendre cette discussion. Nous avons suffisamment parlé de Raymond. Le sujet est épuisé, à mon avis. Le démon ! Je n'en reviens tout simplement pas !

Robert approuve de la tête et pose la main sur l'épaule de son cadet pour l'inviter à le suivre. Lentement, ils se dirigent vers l'allée menant au stationnement du cimetière sous le regard incessant du fossoyeur. Les yeux de ce dernier semblent renfermer une étrange déception lorsque les deux frères le croisent et le saluent discrètement.

Tout à coup, complètement à l'autre extrémité de l'allée, une auto s'engage sous le portail en fer forgé du cimetière. Richard est impressionné de constater qu'il s'agit d'une Mercedes et pousse Robert du coude. Ce dernier lève les yeux vers le véhicule alors que celui-ci s'immobilise à une vingtaine de mètres devant. Impossible de discerner quoi que ce soit à travers les vitres teintées. Probablement un riche personnage venant rendre visite à un parent défunt.

— Tu as vu ça ! Une Mercedes ! C'est sûrement quelqu'un d'important.

— Pas nécessairement. Beaucoup de gens peuvent se payer la location de ce genre d'auto de luxe de nos jours. Ça dépend où tu veux mettre tes priorités dans la vie.

Les portières du véhicule demeurent fermées. Richard et Robert ne sont plus qu'à dix mètres et, même de cet endroit, ils ne peuvent détailler le conducteur. C'est à croire que ce dernier a décidé d'attendre que les intrus soient loin de lui avant de faire le moindre mouvement. Richard en est presque déçu. Il aurait bien aimé savoir qui se dissimule dans un tel véhicule.

Soudain, au moment où les deux frères arrivent à la hauteur de la Mercedes, la portière du conducteur s'ouvre enfin. Cependant, personne n'en sort alors que Richard et Robert se sont arrêtés, intrigués.

La jambe de l'homme apparaît sous la portière puis, un peu pour se faire désirer, le propriétaire de celle-ci laisse s'écouler encore quelques secondes avant de poser la deuxième sur le sol. Robert songe qu'il ne s'agit là que d'enfantillage. Sans doute une personnalité connue dans le domaine artistique ou politique qui veut en mettre plein la vue à de pauvres gens comme eux. Il secoue la tête en signe d'incompréhension.

Sans attendre d'avantage, il reprend sa marche en détournant son regard vers la droite pour signifier son indifférence. Richard reste sur place, figé par l'apparition du visage de l'homme à la Mercedes.

— Heureux de vous revoir !

Ces quelques mots se répercutent à travers tout le cimetière, rebondissant sur chacune des pierres tombales pour finalement terminer leur course effarante dans la tête de Robert. Pétrifié au beau milieu de l'allée, il n'ose diriger son regard vers celui qui a parlé, sachant très bien qui il est. D'ailleurs cette voix n'a jamais quitté son esprit depuis les dix dernières années. Une voix contenant une certaine dose d'impudence. Il n'a pas changé ! Enfin, c'est ce qui traverse l'esprit de Robert en le voyant.

De son côté Richard reprend peu à peu ses sens et, par le fait même, ses yeux réfléchissent le sentiment de haine imprégné dans son cœur. Fidèle à son ancienne habitude Raymond ne porte aucune attention à ce regard méprisant qui le transperce. Il en a été trop souvent ainsi dans le passé pour que cela ne l'affecte outre mesure.

— Tu arrives un peu tard, se surprend à dire sèchement Robert alors qu'il devrait démontrer plus d'amabilité envers son aîné. Les funérailles sont terminées. Cependant, tu as encore le temps de dire une dernière prière sur sa tombe avant que le fossoyeur ne l'ensevelisse.

— Ça ne changera rien à la situation. Et ça ne le ramènera pas. Mais j'irai tout de même le saluer une dernière fois.

— Tu es bien toujours le même, n'est ce pas ! Aucune sympathie pour celui qui t'a tout donné.

— Ne t'emballe pas Richard. Je ne suis pas venu ici pour me quereller avec vous.

— Pourquoi es-tu là si tu ne veux pas faire tes adieux à notre père ?

— Pour vous voir. Savoir comment vous vous débrouillez. Si tout va bien pour vous.

La colère monte dans les veines de Richard qui a du mal à se contenir. Robert s'en aperçoit et, aussitôt, s'approche de lui pour tenter de le calmer, malgré qu'il comprenne le ressentiment qu'éprouve son cadet en présence de Raymond.

— Nous nous en sortons très bien.
— Oui ! Et nous n'avons pas besoin de toi dans les parages. Tu peux retourner d'où tu viens. Sûrement en enfer !

C'est au tour de Raymond de démontrer des signes d'emportement. De son poing fermé, il frappe violemment le toit de la Mercedes tout en échappant quelques jurons à peine déguisés en grognements. Il est visiblement perturbé par la réaction de Richard dont la rancune n'a aucunement diminué avec le temps.

— Mais, bon sang ! Vas-tu finir par oublier mes erreurs du passé. J'avoue m'être mal comporté envers vous deux et notre père, mais vous devez me croire. J'ai changé.

Robert doit lui-même faire un terrible effort pour ne pas éclater de rire devant cette déclaration mensongère. C'est celle que tous les coupables emploient pour tenter de minimiser leurs erreurs face aux autres. « J'ai changé » Si facile à dire, mais si difficile à prouver. Le naturel refait toujours surface un jour ou l'autre.

Robert demande intérieurement au Seigneur de lui pardonner d'avoir une telle pensée. Il se doit de faire preuve d'empathie envers un pécheur repentant même si, dix ans auparavant, celui-ci lui a fait perdre sa bien-aimée dont il n'a plus jamais eu de nouvelles.

— Tout homme a droit à sa chance, Richard.
— Il les a toutes épuisé ses chances, il me semble, non. Ne me dis pas que tu vas croire ce manipulateur encore une fois !

Raymond approuve les dires de Robert par un hochement de tête et s'apprête à ajouter quelques mots habiles pour renchérir sa pensée lorsqu'il aperçoit, épinglés sur le revers de la veste de ce dernier, une petite croix en argent. Bouche bée, il demeure interdit un long moment, les yeux rivés à la croix.

— Tu…tu es… un prêtre ?

Robert sourit devant l'hébétude de son aîné. Il porte très mal la surprise sur son visage, lui qui a toujours été si indifférent à tout ce qui pouvait survenir d'inattendu autour de lui. Aussi loin que sa mémoire puisse reculer dans le passé, il n'a jamais été témoin d'une telle surprise sur le visage de son frère. Au contraire, c'était toujours lui qui surprenait les autres, puisqu'il tirait les ficelles de tout ce qui se passait dans la vie des gens de son entourage. Robert garde le silence encore un long moment pour s'amuser au maximum de la situation.

— Ça te déçoit, dit-il finalement avec un léger sourire ?

Raymond réfléchit pendant quelques secondes avant de répondre. La prêtrise n'a rien d'impressionnant en soi. Ceux qui y adhèrent sont des faibles qui se sauvent de la vie quotidienne avec ses tracas, ses douleurs, ses inconvénients, mais aussi avec ses plaisirs.

Robert ! Un prêtre ! C'est à n'y rien comprendre. Il a mis tant d'efforts pour devenir archéologue afin de découvrir les premières traces de la vie sur le globe et ainsi démolir la thèse qu'un être suprême a tout créé. Voilà qu'il est passé dans le camp adverse. C'est inimaginable. Cependant, Raymond y voit immédiatement un avantage. Les prêtes sont les premiers à pardonner les péchés ou les erreurs des gens. Cela veut dire qu'il ne lui tient pas rigueur de ce qu'il a fait dans le passé.

— Au contraire. Étonné, oui. Mais déçu, non. Je suis même heureux de voir que tu as trouvé la voie qui te conduit au bonheur.
— Balivernes ! Tu te moques pas mal qu'il soit un de ces foutus prêtres ! Je vois clair dans ta tête. Tu te dis que de cette manière il n'a pas d'autre choix que de te pardonner tout le mal que tu lui as fait. Eh bien ! Moi, je ne suis pas un prêtre.
— L'endroit est très mal choisi pour discuter de tout ça, coupe Raymond, agacé par les propos de Richard qui dégagent tant de rancœur. Nous devrions nous rencontrer autre part, pour discuter

davantage. J'aimerais vous prouver que j'ai réellement changé. Acceptez mon invitation à faire la paix, je vous en prie.

Raymond tend une petite carte à Robert, sur laquelle sont inscrites ses coordonnées. Robert s'en saisit, mais non sans une légère hésitation. L'effleurement de leurs doigts provoque chez lui une désagréable sensation, comme s'il venait de toucher le diable lui-même, personnifié par son propre frère.

— Pour l'instant, reprend Raymond. Je vais aller me recueillir sur la tombe de papa. J'espère que le fossoyeur n'a pas commencé son travail.

Instinctivement, Robert tourne la tête en direction de l'endroit où ce dernier se trouvait dix minutes plus tôt. Il n'y est plus. Il se réjouit presque de savoir que le désir de Raymond ne sera pas exhaussé. Il ne mérite pas que cette volonté lui soit accordée.

Soudain Robert décèle un léger mouvement près d'un énorme monument non loin de la Mercedes. Sans en être certain, il croit avoir reconnu le fossoyeur, tentant de se cacher d'eux. Il a sûrement des visions. Pourquoi cet homme viendrait-il les épier de la sorte ?

Sans rien ajouter de plus qu'un simple au revoir, Robert entraîne son cadet vers le stationnement alors que Raymond zigzague entre les pierres tombales en direction de celle de son père.

Chapitre 10

L'invitation

L es jours qui suivent sont empreints d'indécision. Richard s'oppose fortement à renouer, avec Raymond, des liens familiaux qui, selon lui, se sont volatilisés à jamais le jour où il lui a volé sa bourse d'études. De son côté, Robert ne sait réellement pas sur quel pied danser. Il tente, sans succès, de se réfugier dans la prière, croyant fermement que c'est le seul moyen de trouver la réponse qu'il attend de son maître.

Raymond, possiblement inquiet de se voir ainsi ignoré, contacte ses frères à la maison paternelle afin de reformuler son invitation. Il déclare également à Robert que sa résidence présente n'est que temporaire et qu'il cherche un endroit plus adéquat pour élever sa famille. Sans aucune gêne, ni retenue, il lui annonce qu'Éloïse est sa femme depuis dix ans, et qu'ils ont deux enfants.

Robert est bouleversé, renversé, abattu par cette déclaration subite. Au fond de lui il espérait toujours que Marie-Anne Michaud avait tout inventé et qu'Éloïse ne s'était pas enfuie avec Raymond. La cruelle réalité que lui lance son frère en pleine figure, fait mal. Extrêmement mal. Il sent que son âme se dissout, effaçant du même coup, tout le bien que lui a apporté la prière durant ces longs mois de détresse vécus après sa rupture avec Éloïse. Rupture ! C'était plutôt un largage pur et simple ! Comment a-t-elle pu s'allier à Raymond pour le faire souffrir autant ! Son état de prête ne lui permet pas d'alimenter de la rancune, mais c'en est trop. Il se sent bafoué, frustré et, monte en lui un désir embryonnaire de vengeance.

Exacerbé par ce combat du bien et du mal se déroulant dans sa tête pour la conquête de son âme, Robert lance son bréviaire dans un coin de la chambre. Son geste est capté du coin de l'œil par Richard qui arrive au même moment pour l'informer qu'il a un appel téléphonique de Raymond.

— C'est une autre méthode de prier ça, lance Richard avec une intonation moqueuse ?

— Je suis désolé que tu aies été témoin d'une telle scène.

— Ne le sois pas. Moi, je suis ravi de constater qu'il te reste encore un peu de Bérubé dans la tête. Je dois ajouter que c'est réconfortant.

En maugréant, Robert se dirige vers la cuisine où il s'empare du téléphone. Respirant à fond pour se calmer, il laisse s'écouler quelques secondes.

— Robert à l'appareil.

« C'est moi, Raymond. Je voulais t'informer que je viens tout juste de faire l'acquisition d'un immense domaine à St Sauveur. En fait, c'est une ancienne maison de retraite pour les aspirants à devenir prête qui a été fermée il y a deux ans. On m'a dit que tu connaissais l'endroit. »

— En effet. J'y ai séjourné à plusieurs reprises. Mais c'est immense comme maison, tu ne trouves pas ? Et le prix doit être exorbitant !

« C'est exactement ce qu'il nous fallait. Et le prix n'a pas d'importance. Si toi et Richard étiez venus me rendre visite, vous auriez appris que mes moyens financiers sont en très bonne santé. Dans tout au plus une semaine, nous emménagerons dans cette petite merveille. Nous vous attendons avec impatience. »

— Nous verrons, Raymond. Nous verrons. Il ne faut surtout pas brusquer les choses si nous souhaitons que nos relations soient durables. Je vais en discuter avec Richard.

« Mets tous les efforts nécessaires. J'ai un grand besoin de me racheter envers vous. »

Robert reste un long moment plongé dans ses pensées après avoir raccroché. Quoiqu'il le clame très haut, Raymond n'a pas changé. Il est tout aussi manipulateur qu'auparavant. Il compte sur Robert pour raccommoder les accrocs qu'il a créés dans leurs vies, sachant très bien que Richard ne se laisserait plus prendre à son jeu.

— Il te voulait quoi au juste ?

En quelques mots, Robert relate à son cadet ce que Raymond attend d'eux. Richard en est sidéré. Comment peut-il songer un seul instant que le passé puisse s'effacer en claquant des doigts ! C'est un inconscient. Un inconscient à qui l'on se doit de rendre dans l'impossibilité de mener quiconque par le bout du nez.

— Et toi ! Qu'as-tu l'intention de faire ?

Robert aurait préféré que Richard ne pose pas cette question à laquelle un semblant de réponse commence à germer dans son esprit. Il est peut-être un peu tôt pour faire part de ses intentions à Richard. Cependant, devant l'insistance de ce dernier, il se décide enfin à lui révéler le fond de sa pensée.

— Je ne sais pas encore comment je vais m'y prendre, mais, que Dieu me pardonne, je ne peux laisser impunis les actes commis par Raymond.

Richard jubile de joie. Il y a si longtemps qu'il attend le jour de la vengeance. Il y pense encore plus depuis le retour de Raymond. C'en est même rendu une obsession. Néanmoins, il ne se sentait pas le courage de se lancer seul dans une croisade de la sorte, mais voilà que Robert lui tend la main et lui redonne l'espoir.

— Comment ? Dis-moi tout !
— Pas maintenant. D'ailleurs, je ne le sais pas vraiment moi-même. Mais je te mettrai au courant de mon plan lorsque

je l'aurai élaboré quelque peu. Par contre, il te faudra me suivre jusqu'au bout et faire ce que je te demanderai de faire.

— Tout ce que tu voudras. Je suis prêt à te suivre les yeux fermés.

— Avant tout, il nous faudra jouer le jeu des frères offensés qui accordent leur pardon. Tu comprends ce que ça veut dire ?

— Nous rapprocher de Raymond ! Accepter son invitation à le visiter. Pas trop réjouissant, mais si ça fait partie du plan.

— Pour lui faire mal, il faut tout lui donner pour ensuite tout lui enlever. Lui faire vivre ce que nous avons vécu.

— Je préférerais le tabasser.

— Il n'en est pas question ! Tu devras te contenter de le briser moralement. Je ne veux aucune violence de ta part.

Richard hoche la tête timidement en signe d'acceptation de cette stupide règle. Il espère cependant que celle-ci changera et qu'il aura la chance de s'en prendre physiquement à son aîné. Peut-être s'exécutera-t-il sans le consentement de Robert. Malgré qu'il ait des envies de vengeance, il n'en reste pas moins que c'est un prêtre et qu'il est utopique de croire qu'il voudra modifier cette règle pour laisser libre cours à la violence.

Sans rien ajouter, déçu par le but visé de son frère, Richard se retire dans sa chambre. Il est tard et le sommeil le guette depuis un bon bout de temps. Robert, lui, n'a aucunement l'intention de se reposer. Son cerveau en effervescence est beaucoup trop préoccupé à chercher le moyen d'entreprendre un rapprochement avec Raymond sans qu'il ne se doute de rien. Une foule d'images remontent dans son esprit. Pourtant, celle qui y reste longuement imprégnée, c'est le visage d'Éloïse. Soudain, il la voit clairement étendue, nue sur un lit, alors que Raymond lui fait l'amour. L'atrocité de cette vision provoque une intense douleur dans son cœur. Il se signe de la croix pour calmer la rage grandissante qui s'empare de lui. Un signe de croix ! Il n'en a plus besoin. Au fond, la prêtrise n'était qu'une couverture. Un état social qui lui a permis de s'évader d'une vie matériel et de se soustraire aux obligations que celle-ci engendre. Maintenant qu'il s'est fixé un autre but, la religion devient secondaire. Sa vengeance doit prédominer. La première étape : Un rapprochement. Ensuite, il pourra improviser au fur et à mesure. Heureusement, Robert possède la qualité primordiale pour mener à bien son projet. La patience.

Chapitre 11

La maîtresse de maison

Au moment où le véhicule de Robert quitte la route pour s'engager dans l'allée du domaine, une auto de couleur foncé s'arrête un instant, puis reprend sa route pour s'immobiliser à nouveau à quelques dizaines de mètres.

La petite Toyota Corola de Robert roule lentement sur la grande allée, escortée d'immenses sapins, menant au manoir acquis par Raymond. L'endroit est encore superbe avec ses longues plates-bandes remplies de fleurs, ses monticules rocailleux ornés d'une multitude de plantes diverses et ses quelques statues dispersées ici et là sur le domaine. Sûrement que, pour rendre l'offre de vente plus alléchante, la communauté religieuse a continué à en faire l'entretien. Robert se souvient d'avoir été désigné à cette tâche pendant quelques jours lors de l'un de ses séjours, après la mort du vieux jardinier qui y avait consacré toute sa vie. Le malheureux s'était infligé une profonde blessure à la cuisse avec un taille-haie électrique ayant glissé de ses mains lors de travaux. L'artère fémorale sectionnée, le vieil homme s'était vidé de son sang. C'est Robert qui avait à ce moment-là découvert le blessé et le temps d'aller chercher du secours, le pauvre jardinier était mort. On proposa à Robert de le remplacer, espérant que celui-ci y trouverait un intérêt suffisamment grand pour devenir l'homme d'entretien du domaine. Cependant, l'une de ses crises de rage spontanée, l'avait conduit à être confiné un certain temps dans l'isoloir, et par la suite on l'avait dispensé du travail de jardinier ce qui, à l'époque, était pour lui une grave erreur de la part de l'autorité en place.

Sur le siège, côté passager, Richard se trémousse fébrilement. Non pas qu'il est impressionné par la beauté du lieu qui se présente à ses yeux, mais bien parce qu'il est anxieux de rencontrer Raymond pour qu'enfin le plan de Robert prenne son envol.

Devant l'immense demeure de pierres grossièrement taillées datant de la fin du dix-neuvième siècle, la Corola s'immobilise près de la Mercedes de Raymond et d'une Altima appartenant sans doute à son épouse.

Les doigts crispés sur le volant, Robert reste sans bouger un moment, puis ferme les yeux comme pour chercher à savoir s'il a pris la bonne décision. Depuis l'appel de Raymond, il y a de ça près de deux semaines, son comportement a légèrement changé. Même qu'à plusieurs reprises, il s'est abandonné dans des excès de colère. Ce qu'il déplore énormément et le rend inquiet. Inquiet de sa réaction lorsqu'il se retrouvera en face d'Éloïse.

— Tu comptes passer l'après-midi ici ?

Richard a déjà ouvert la portière, prêt à se lancer de pleins pieds dans l'aventure. Robert hésite, se blâmant intérieurement d'avoir eu cette idée folle de vengeance. Mis à part la fragilité de son psychisme qui l'effraie, il ne tient pas à décevoir son cadet, car les attentes de ce dernier sont grandes. Il ne peut plus reculer. Du moins en ce qui concerne la visite promise à Raymond de son nouveau domaine. Pour la suite, il jugera de la situation.

Utilisant le heurtoir de bronze, Richard frappe à la porte. La réponse tarde. Les deux hommes s'interrogent du regard. Richard récidive, mais cette fois, en y mettant plus d'ardeur. Toujours rien. Ce n'est pas normal. L'idée saugrenue que Raymond soit en train de se moquer d'eux passe par la tête de Robert. Ce ne serait d'ailleurs pas la première fois. Il lève la tête vers le porche que soutiennent de longues colonnes de pierres et aperçoit, cachée dans un coin sombre cinq mètres plus haut, un petit appareil de quelques centimètres de diamètre. Une caméra de surveillance! Ce ne sont sûrement pas les religieux qui s'étaient munis d'un tel matériel. Raymond en est rendu à ce point?

Au moment où Robert avance d'un pas en direction de la caméra, la porte s'ouvre derrière lui. Il paralyse sur place et n'ose se retourner.

— Je suis heureuse de vous revoir, fait une voix de femme après un moment d'hésitation. Entrez.

Robert a du mal à respirer. Son corps tout entier semble ne plus vouloir fonctionner normalement et il a l'impression que sa température augmente de seconde en seconde. Les battements de son cœur s'accélèrent de façon ahurissante, les muscles de ses jambes se raidissent considérablement et ses yeux ne cessent de papilloter. Cette voix qui envahit tout son être, il la reconnaît. Elle lui a si souvent susurré des mots d'amour dans le passé, qu'il lui aurait été impossible de l'oublier.

Il pivote lentement sur lui-même pour se retrouver face à face avec Éloïse qui s'étant esquivé pour laisser entrer Richard, est seule avec lui. Elle n'a pas véritablement changé, malgré les dix ans qui les séparent de leur dernière rencontre. Toujours aussi belle, aussi désirable! Robert se sent défaillir. Il doit en être de même pour Éloïse, car elle ne parvient pas à prononcer le moindre mot. Son regard fuyant dénote également une certaine gêne, mais c'est surtout une pointe de regret que Robert remarque le plus dans ses yeux. L'espace d'un instant, il est tenté de lui ouvrir les bras pour l'entourer et la serrer contre lui, mais ce serait maladroit de sa part. Il doit se contenir. Après tout, elle ne mérite pas qu'il lui démontre à quel point il l'aime encore. Elle lui a préféré son frère et ça, il ne pourra jamais lui pardonner.

— Tu veux entrer, répète-t-elle après s'être éclairci la voix?

Robert hoche la tête, puis frôlant son hôtesse, il passe la porte. Richard a disparu. L'immensité des pièces de la maison aura sans doute éveillé sa curiosité et il est en train de les explorer. Un sans gêne qui rend assurément Robert quelque peu mal à l'aise, car il s'empresse aussitôt de l'excuser. D'un geste de la main, Éloïse lui signifie que ça n'a pas d'importance.

— Je ne te demande pas si tu veux visiter, puisqu'on nous a dit que tu connaissais l'endroit.

— C'est exact, je connais la maison par cœur.

Traversant lentement le grand hall d'entrée, Éloïse guide son invité vers le salon où elle lui indique un long divan fuchsia qu'accompagnent quatre fauteuils assortis. Timidement, ils s'installent sur le divan tout en prenant bien soin de laisser un mètre de distance entre eux. Malgré tout, Robert croit ressentir la chaleur de ce corps merveilleux sur sa peau. Un corps qu'il a si amoureusement caressé à de nombreuses occasions. Mais cela fait partie de ses souvenirs et il ne serait pas honnête envers lui-même s'il continuait à les entretenir de fantasmes.

Le malaise qui règne entre Robert et Éloïse est palpable. Ni l'un, ni l'autre ne veut prendre les devants pour tenter d'expliquer ce qui est arrivé dix ans plus tôt.

« Mais il faudra bien qu'on y vienne un jour, songe Robert ».

La même pensée traverse l'esprit d'Éloïse. Cependant, contrairement à Robert, elle est tout à fait disposée à crever l'abcès dès maintenant. S'ils doivent être en relation de façon plus fréquente, vaut mieux clarifier la situation immédiatement.

— Tu sais, j'ai eu excessivement mal de voir cette femme nue, à ma place dans ton lit. Je croyais être la seule femme dans ta vie. Tu avais toute ma confiance. Je me suis sentie trahi. Mais tout ça est bien loin déjà. Je ne t'en veux plus. Oh! Bien sûr que je t'ai détesté pendant longtemps de m'avoir ainsi trompée, mais avec le recul, je crois que c'était notre destin de ne pas vivre ensemble.

Quand j'ai appris par Raymond que tu étais devenu prêtre, ça m'a donné un choc. Je me suis dit que c'était peut-être par remords que tu avais pris cette voie. Je me trompe ?

— Comme tu dis, ça doit être le destin. Mais il faut que tu saches que je ne t'ai jamais trahi. Ni pendant notre relation, ni après.

— Arrêtes, s'il te plaît ! Ça ne sert plus à rien de mentir. Et cela me surprend de la part d'un prêtre.

— Je ne mens pas. C'est la vérité.

— Et cette femme ?

— Je ne savais même pas qu'elle était là.

— Je t'en prie Robert. Tu ne trouves pas que c'est un peu gros comme histoire. Tu n'espères tout de même pas que je vais avaler ça ?

Le scepticisme d'Éloïse est exaspérant. Pourquoi après tant d'années, il lui raconterait des mensonges ? Au fond de lui Robert avait espéré qu'elle ait appris la vérité sur ce qui s'était réellement passé ce jour-là. Mais il n'en est rien, Éloïse ignore toujours que c'est Raymond qui avait tout orchestré pour qu'elle tombe dans ses filets. Elle doit savoir. Pas question qu'elle continue à vivre sans savoir quel genre d'homme est son mari.

Il plonge un regard perçant dans celui d'Éloïse. Une légère colère brille dans ses yeux. Il doit absolument se maîtriser pour éviter que la discussion ne dégénère en une engueulade inutile. Cependant elle doit savoir ! Savoir qu'elle n'a pas été trompée. Savoir qu'il n'appartenait qu'à elle seule. Savoir que c'était un coup monté pour les séparer. Mais surtout elle doit savoir qu'il n'a jamais cessé de l'aimer même si quelque fois il pense qu'elle était complice de Raymond. Ce qui semble ne pas être le cas. Si bien sûr elle n'est pas en train de jouer un jeu. C'est une possibilité que Robert ne peut écarter. Il doit en avoir le cœur net.

— Pourquoi Raymond ?

Éloïse est surprise par la question. Mais à bien y penser, celle-ci est justifiable. Il est normal que Robert s'interroge puisqu'à l'époque elle n'appréciait pas particulièrement Raymond.

— Il était là au bon moment pour me consoler. Il s'est montré des plus compréhensifs. Et il m'a offert la vie ! Une vie que je n'aurais certes jamais eue avec toi. À bien y penser, je ne crois pas que j'aurais été très heureuse de passer mon existence entourée de vieux ossements, de momies et autres fossiles. Crois-moi. Je préfère de beaucoup ma vie présente. De l'argent à ne plus savoir quoi en faire. Des soirées à couper le souffle avec des gens extraordinaires. Une nouvelle voiture chaque année. Le paradis quoi !

Robert est complètement atterré. Il est maintenant convaincu qu'Éloïse était de mèche avec Raymond. Pour atteindre une vie remplie de richesses, elle a fait basculer la sienne dans la douleur, le désarroi, la dépression. Tout ça, par le biais d'un subterfuge déloyal. Marie-Anne avait donc entièrement raison sur toute la ligne. Éloïse va payer au même titre que Raymond. Elle est coupable. Robert ne sait pas encore jusqu'à quel point elle l'est, mais elle l'est !

À ce moment précis, des flashs viennent alimenter son désir de vengeance. Raymond et Éloïse ont commis une grave erreur d'être revenus pour le hanter. Et surtout, le plus important, ils se sont installés sur un terrain qu'il connaît parfaitement. Une maison qui renferme un secret qu'ils n'ont sûrement pas encore découvert.

Feignant de comprendre les motivations d'Éloïse pour le choix de son mari, Robert hoche la tête et serre les lèvres tout en baissant les yeux. Rien de mieux que d'afficher un air de culpabilité pour laisser croire à une défaite, une reddition. La ruse. L'arme ultime pour atteindre un but. Robert y croit fermement et c'est avec son aide qu'il réussira à panser ses plaies.

— Je suis heureux de te savoir comblée. Tu as raison, je n'aurais pas pu t'offrir une aussi belle vie.

Éloïse s'avance vers lui et dépose un baiser sur sa joue pour le remercier de sa compréhension. Le baiser d'une traîtresse dont la brûlure traverse la peau et s'infiltre jusqu'au cœur de Robert. Un baiser qui donne le coup d'envoi à des hostilités, pour l'instant, silencieuses.

— Hé ! Hé ! On dirait bien que c'est la paix entre vous deux, s'écrie Richard au moment où il les rejoint.

Éloïse recule d'un pas, souriante. Son regard croise furtivement celui de Robert puis se pose sur l'intrus. Son visage est rayonnant. Elle est visiblement soulagée d'un poids sur la conscience.

— Dis donc. C'est immense ici ! Tu ne t'ennuieras pas, avec tout ce qu'il y a comme entretien à faire.
— Pas question que je m'abaisse aux tâches ménagères. Nous allons engager une bonne. Un jardinier également.

D'autres flashs, provoqués par les paroles d'Éloïse, s'insinuent dans le cerveau de Robert. Il espère qu'il en sera ainsi pour chaque détail qu'il apprendra. C'est primordial pour l'élaboration de son plan.

— Ça coûte cher tout ça.
— Peu importe. De l'argent, nous en avons plus qu'il nous en faut.
— Je n'ai pas vu tes enfants, coupe Robert.
— Ils sont chez ma mère pour l'instant. Le temps que nous finissions de nous installer et aussi le temps de trouver une bonne qui saura s'occuper d'eux. D'ailleurs, j'ai fait paraître une petite annonce dans les journaux pour ce poste ainsi que celui de jardinier.
— Je serai très heureux de les rencontrer.
— J'en serai ravie également.

Occupé à examiner les tableaux suspendus aux murs et au reste de la décoration, Richard ne suit pas trop la discussion. Il est visiblement impressionné par le luxe qui orne cette somptueuse demeure.

— Ah oui ! J'oubliais, Raymond ne pourra pas nous rencontrer aujourd'hui, lance-t-il à brûle pourpoint. Il est dans son bureau et il a des affaires importantes à régler. Par contre, il espère que nous demeurerons ici pour la nuit. Demain il sera disponible.

Richard sourit à l'intention de Robert. Il est fier de ce qu'il a accompli. Refoulant tout au fond de lui la haine que déclenche encore la présence de son aîné, il avait, quelques minutes plus tôt, réussi à lui faire croire qu'il est tout à fait disposé à établir un rapprochement entre eux. Robert est soulagé de constater que Richard a la force de caractère nécessaire pour se conformer à son plan.

— Je suis réellement contente de voir que vous n'avez plus de rancune envers Raymond. Il appréhendait tellement la possibilité que vous ne lui ayez pas pardonné ses erreurs du passé.
— On ne peut pas passer sa vie à nourrir de la rancœur. Ce serait absurde.

Le bonheur se lit sur le visage d'Éloïse. Bien sûr qu'elle est consciente qu'il faudra tout de même un peu de temps pour s'apprivoiser les uns les autres, mais elle est persuadée que très bientôt l'harmonie régnera au sein de la famille.

La conversation se déroule encore pendant plus d'une demi-heure, puis Robert annonce son départ. Éloïse s'en trouve énormément déçue, mais comprenant les motifs de ce dernier, elle le remercie de sa visite en l'embrassant sur la joue et lui souhaite une bonne route. Le baiser de la traîtresse provoque toujours la même brûlure ! Robert en est bouleversé. Cependant il n'en laisse rien paraître, puis d'un geste de la main, il salue Richard et quitte la maison.

*

La Toyota de Robert bifurque vers la droite pour emprunter une petite route menant à des unités de motel. « Motel du Paradis ». Malgré l'insistance d'Éloïse, à la dernière minute, pour que les deux frères passent la nuit au domaine, Robert avait refusé, prétextant des obligations à remplir vis-à-vis sa communauté, ce qui n'est pas du tout le cas puisqu'il n'a eu aucun contact avec l'un de ses membres depuis la mort d'Armand. Par contre, Richard n'avait pu trouver d'excuse valable pour se désister et avait du se résoudre à accepter l'invitation. D'ailleurs Robert l'en avait encouragé à mots couverts, espérant que Richard comprendrait que c'était pour le bien de leur projet.

L'endroit est vieux et sale. Ceci explique pourquoi il est désert. Robert s'en moque. Du moment que c'est habitable et à proximité du domaine. Deux kilomètres à peine. Le bureau est placardé, indiquant que toute activité a cessé et que le commerce est abandonné.

Il y a des unités un peu en retrait à l'arrière, dissimulées par une abondante végétation. Jadis celles-ci étaient destinées aux nouveaux mariés qui désiraient avoir un peu plus d'intimité. Le véhicule roule lentement et s'arrête près de la plus éloignée des unités. Une fois dehors, Robert exécute un tour d'horizon du regard. Personne en vue. Une inspection rapide, à travers la fenêtre, lui confirme que les chambres sont encore meublées et que somme toute, elles sont en bon état. Contournant le module, Robert est stoppé par une haute clôture en bois, ressemblant plus à une palissade qu'à une clôture. L'endroit rêvé pour se terrer quelques temps. Il est enchanté de sa découverte. Une chance inespérée.

En forçant l'une des fenêtres du bureau, il ne faut à Robert qu'une quinzaine de minutes pour se procurer la clé de l'unité numéro trente trois. Un immense sourire de satisfaction imprégné sur son visage, il remonte en voiture.

En arrivant à l'autoroute, il aperçoit à sa droite, un véhicule stationné sur l'accotement à environ cent mètres de là. Un homme s'affaire sous le capot. L'espace d'un instant, Robert est tenté de lui venir en aide, mais abandonne cette idée au moment même où l'homme referme le capot. Il continue donc sa route sans se préoccuper de lui.

À un kilomètre, il s'arrête à nouveau pour acheter le journal local qu'il parcourt rapidement et reprend sa route vers Montréal.

Robert est surexcité par son plan qui de plus en plus prend forme dans sa tête.

Évidemment, tout n'est pas encore au point, mais d'ici quelques jours, il sera fin prêt à le mettre à exécution. Bien entendu, demain il s'inventera une excuse pour ne pas revenir au domaine afin de lui permettre de le finaliser.

Une ombre passe soudainement dans son esprit ! S'il fallait que Richard, prenant goût à la vie de luxe de Raymond, décide de mettre un terme à leur entente et qu'il refuse de l'aider comme prévu. Robert se doit de trouver une alternative à cette éventualité, sans pour autant, blesser son cadet. Du moins, si cela est possible.

Chapitre 12

Une bonne dépareillée

Sortant en trombe de sa Mercedes, Raymond court jusqu'à la porte de sa maison et entre son code d'accès de la serrure électronique qu'il a fait installer quelques jours auparavant. On est au milieu de l'après-midi et il est impatient d'enfin recevoir le second de ses frères qui doit arriver dans, au plus, deux heures. Par surcroît, il est anxieux de connaître la bonne qu'Éloïse a choisie pour le poste. Selon elle, il s'agit d'une perle rare, louangée par ses derniers employeurs qui ne se sont pas taris d'éloges à son égard dans une lettre.

Raymond est soulagé que tout se tasse comme il l'avait espéré. La bonne est engagée et le jardinier également. Ce dernier a répondu rapidement à l'annonce placée dans le journal et Raymond n'a pas hésité à le prendre à l'essai. Il lui avait paru, lors de l'entrevue, un homme honnête et fiable.

Déposant sa mallette sur une petite table près de la porte, Raymond se dirige vers le salon d'où proviennent des éclats de voix et des rires. Sûrement Éloïse et la bonne qui discutent sur le travail à accomplir dans la maison et, bien entendu, de la rémunération de cette dernière qui sera haussé aussitôt que les Bérubé auront évalué son travail.

Raymond pénètre lentement dans le salon et le bruit de ses pas sur le plancher de bois franc attirent aussitôt l'attention d'Éloïse qui le salue de la main.

— Bonjour chéri.
— Bonjour mesdames. Je ne vous dérange pas ?

La nouvelle bonne est assise dans un fauteuil en face du divan et de par sa position Raymond ne peut voir que le derrière de sa tête. Elle a une longue chevelure rousse remontée en chignon dégageant ainsi sa nuque et son cou à la peau claire.

Curieusement, elle n'a pas l'instinct de se retourner à l'arrivée de son nouvel employeur. Peut-être par pure nervosité.

— Au contraire. Nous t'attendions. Je voulais te présenter celle qui fera dorénavant partie de notre famille.
— Il me tarde de la connaître. Tu m'en as tellement vanté les mérites.

Raymond contourne le fauteuil dans lequel la femme rousse est assise sans bouger. Il garde les yeux fixés sur elle et découvre lentement son profil. Un profil qu'il lui semble connaître.

— Je te présente Marie-Anne Michaud. Notre nouvelle bonne.

Raymond blanchit instantanément comme s'il venait d'apercevoir un fantôme. Ce nom surgissant du passé résonne encore dans sa tête lorsque la femme rousse se retourne enfin vers lui pour le dévisager. Malgré tous les efforts qu'elle déploie pour demeurer impassible, Raymond décèle une pointe de haine dans son regard. Comment cette femme a eu le culot de se présenter dans sa famille ? Pour se venger de lui ! Il n'y a pas d'autres explications.

— Je suis enchantée de faire votre connaissance, Monsieur Bérubé, lance-t-elle avant même que Raymond ne reprenne tout à fait ses sens.

Heureusement qu'Éloïse ne sait pas à qui elle a affaire. Et il n'est pas question qu'elle le sache ! Pour l'instant, Marie-Anne joue un jeu, alors vaut mieux que Raymond soit prudent dans ses paroles afin de ne pas éveiller de soupçons. Son cerveau s'affole soudainement. Dans quelques heures, Robert sera là. Il la reconnaîtra sans l'ombre d'un doute. Il doit agir rapidement et se débarrasser de cette femme qui, assurément, ne doit rien connaître du travail pour lequel elle s'est engagée. Il lui sera facile de prouver à son épouse que son choix ne s'est pas porté sur une personne assez qualifiée pour exécuter les tâches ménagères et surtout pour prendre soin de leurs enfants.

Raymond se saisit de la main que Marie-Anne lui tend. Le contact est froid. Cependant les sourires sont de mises pour démontrer à Éloïse que celui-ci est chaleureux.

— Enchanté, également.
— Je vous laisse quelques minutes. Je vais voir les enfants qui sont avec Richard dans la salle de jeux. Je veux m'assurer que tout va bien. Ça va vous permettre de faire plus ample connaissance.
— Très bien, Madame Bérubé. Cela me donnera la chance de me présenter à Monsieur et de lui faire part de mes qualités en tant que bonne.
— Nous ne sommes plus au moyen âge Marie-Anne. Laissons tomber le vouvoiement, et le Monsieur, et Madame, s'il te plaît.

Éloïse est déjà debout et file vers le hall d'entrée qu'elle traverse rapidement. Raymond se lève à son tour pour se rendre près de la porte afin de s'assurer qu'Éloïse emprunte vraiment l'escalier menant au premier étage. Il revient vers Marie-Anne.

— Que fais-tu ici ? Et puis Non ! Je ne veux pas le savoir. Tu vas quitter cette maison immédiatement ! Tu m'entends !
— Comment trouves-tu ma nouvelle couleur de cheveux ? Tu aimes ? Moi je l'adore.

— Je me fous de tes cheveux ! Je veux que tu partes. Un point c'est tout.

— Je me suis dit qu'en me teignant en rousse, ta femme ne me reconnaîtrait sûrement pas. J'avais raison, elle n'y a vu que du feu. Il faut quand même avouer qu'elle ne m'a vu qu'une seule fois dans sa vie et notre rencontre a été excessivement brève.

— D'accord. D'accord. Que veux-tu au juste ?

Marie-Anne esquisse un sourire arrogant à l'endroit de Raymond et comme pour le narguer davantage, elle lui fait un clin d'œil. Il sent la colère monter en lui. Il n'est pas question que cette folle vienne mettre la pagaille dans son couple. Si c'est de l'argent qu'elle veut, elle l'aura. Maintenant qu'il est riche, ce ne sera pas un problème de la dédommager pour le malentendu qu'elle a subi il y a dix ans.

— Te tourmenter!

— Quoi ?

— Oui. Je veux tout simplement que chaque minute de ta vie soit un enfer pour toi. Je veux qu'à chaque instant tu te poses la question : À quel moment va-t-elle dire à ma chère épouse que j'ai sauté la bonne dans le passé et quand osera-t-elle lui déclarer que c'est moi qui avait tout orchestré pour la trouver dans le lit de Robert ?

— Tu es complètement givrée ma pauvre fille ! Éloïse ne croira rien de tout ça.

— Tu veux parier ?

Raymond reste bouche bée. De toute évidence Marie-Anne a l'avantage sur lui. Sa présence dans cette maison et surtout son souvenir réveillera à coup sûr une certaine rancune dans le cœur de Robert lorsqu'il la verra. S'il confirme les dires de cette folle, Éloïse s'en trouvera perturbée et Dieu seul sait ce qu'elle fera à ce moment là. Après tout, la fortune c'est elle qui la possède. S'il avait pu faire autrement, il n'aurait pas mis son entreprise au nom de sa femme. Il n'avait pas eu le choix, trop de gens voulaient occasionner sa perte.

— Combien veux-tu pour déguerpir d'ici ?

— Éloïse m'a offert un excellent salaire. Cela me suffit amplement. Tu sais Raymond, il n'y a pas que l'argent dans la vie. Il y a aussi la fierté, l'honneur, la dignité et surtout la justice. C'est surtout pour cette dernière valeur que je suis ici. Pour me faire justice. Ça t'effraie ?

La réalité frappe Raymond de plein fouet. Il sent le sol se dérober sous ses pieds. Il bascule dans le vide comme si on venait de le jeter du haut d'une falaise et que son corps désarticulé venait s'abattre sur une terre asséchée, soulevant la poussière. De la poussière du passé. Il voit, en un clignement de paupière, toute sa vie s'effondrer. Un combat infernal se déroule dans son esprit et malheureusement il est désarmé, à la merci de son adversaire. Il n'est cependant pas homme à se laisser faire de la sorte sans réagir. Si c'est la guerre que cette folle veut, elle l'aura !

— Ne pense surtout pas que j'ai peur de toi. Je te jure que si jamais tu parles de quoi que ce soit à ma femme, tu le regretteras amèrement. Crois-moi, t'as intérêt à fermer ta gueule.

Des éclats de rire fusent de la bouche de Marie-Anne. Avant de venir offrir ses services comme bonne, elle a pesé le pour et le contre de sa démarche. Elle sait très bien que Raymond est un véritable démon dont il faut se méfier. Mais comment pourrait-elle perdre plus que ce qu'elle n'a perdu depuis les dix dernières années alors que ce monstre lui a fait commettre l'irréparable ! Toutes ces années à végéter dans une vie sombre sans voir le bout du tunnel. Toutes ces années de pauvreté et de misère occasionnées par une dépression qui a eu du mal à guérir. Elle veut une compensation pour faire diminuer la douleur toujours existante. Elle veut transmettre celle-ci à l'homme qui en a été la cause.

— À en juger par ce rire, je dirais bien que vous vous entendez à merveille.

Raymond et Marie-Anne se retournent vivement pour apercevoir Éloïse. Heureusement, elle ne semble pas avoir entendu la conversation, car son visage affiche un large sourire.

— En effet. Tu avais raison. Marie-Anne est charmante.

— Tu m'en voies soulagée.

Au moment où Marie-Anne est sur le point de s'enquérir du bien-fondé de cette dernière remarque, le grésillement du téléphone se fait entendre. Étant à proximité de celui-ci, Éloïse s'en saisit aussitôt et répond à l'appel en se donnant un air légèrement hautain, comme pour initier Marie-Anne à la façon qu'elle doive répondre lorsqu'elle aura à le faire.

— Résidence Sinclair, bonjour.

À l'autre bout du fil, un silence. Silence entrecoupé de profondes respirations. Puis une voix nasillarde se fraie péniblement un chemin jusqu'à son oreille. Les traits d'Éloïse se figent. Elle est incapable de prononcer le moindre mot. Cette voix lui glace littéralement le sang dans les veines. Et ces mots qui martèlent son tympan. Des mots menaçants remplis de haine. La pâleur d'Éloïse indique clairement à Raymond qu'elle est bouleversée, voire même effrayée. Il tend la main en direction de son épouse pour l'inviter à lui passer l'appareil, mais celle-ci le repose sur son socle. Son étrange interlocuteur a raccroché.

— Qui était-ce ?

Encore toute tremblante, Éloïse demeure muette un long moment et ce n'est qu'en sentant la main de Raymond serrer son bras qu'elle réussit à sortir de sa torpeur.

— Allons ! Qui était à l'appareil ?

— Je n'en ai aucune idée, répond-elle d'un ton monocorde. Un maniaque. Un fou.

— Qu'est-ce qu'il a dit ?

Éloïse hésite. Les paroles de l'odieux personnage résonnent encore dans sa tête, la faisant frémir de tous ses membres. Elle tourne vers Raymond des yeux démesurément grands dans lesquels se reflète une peur évidente. Une peur qu'aucune larme ne parvient à noyer. Puis, soudainement, les muscles de son visage se relâchent, comme s'ils n'avaient plus l'énergie nécessaire à les contracter.

— Vas-tu enfin me dire ce que voulait ce fou ?
— Nos enfants sont en danger.
— Quoi ! Nos enfants ! Pourquoi ?
— Je ne sais pas moi ! C'est tout ce qu'il a dit. Que très bientôt il tuerait Thomas et Caroline si nous ne lui donnons pas...
— Une rançon ! Cet homme est complètement cinglé. Il doit regarder trop de films policiers ! Combien ?
— Cent millions.

Le rire tonitruant de Raymond s'élève instantanément dans la pièce. La demande de l'inconnu est absolument absurde et inconsidérée. Éloïse a raison, c'est un fou, car personne de sensé, même un criminel, ne réclamerait une somme pareille comme rançon.

— Ne me dis pas que tu vas croire cet ignoble individu ! Ce n'est vraiment pas sérieux tout ça.
— Je ne prends rien à la légère lorsqu'il s'agit de mes enfants.
— Ils sont les miens aussi, lance Raymond en jetant un regard en direction de Marie-Anne qui observe la scène d'un air amusé. Ne l'oublie pas, ma chérie, ce sont également Mes enfants.

Aucune réplique ne vient de la part d'Éloïse, visiblement embarrassée par le ton employé par son mari. Les apparences sont souvent trompeuses. À prime abord, une parfaite harmonie semblait régner dans le couple Bérubé. En tout cas, c'est ce que Marie-Anne avait pensé à son arrivée. Cependant, après la scène qui vient de se passer, elle n'en est plus tout à fait certaine.

— Tu as probablement raison. Il s'agit sûrement d'un mauvais farceur.
— C'est le cas, crois-moi. La somme demandée est trop importante pour que ce soit sérieux.

— Je suis d'accord avec ton mari, renchérit Marie-Anne pour paraître intéressée à leur sort. Ça ne peut être rien d'autre qu'une plaisanterie de mauvais goût.

Éloïse acquiesce de la tête, sans pour autant être complètement rassurée. Il y a tellement de gens qui ont été bafoués par son mari qu'elle est inquiète d'avoir un jour à en payer le prix. Raymond a semé la haine tout au long de sa vie et il serait peut-être normal que quelqu'un veuille prendre sa revanche. Mais ses jumeaux de neuf ans n'ont rien à voir là-dedans. Elle ne permettra jamais que l'on fasse du mal à ses enfants.

Chapitre 13

Soulagement pour Raymond

C omme prévu, Robert arrive en fin d'après-midi. Il n'a pas encore un pied en dehors de son véhicule que Raymond s'empresse de le rejoindre pour l'accueillir. On pourrait croire que c'est parce qu'il est impatient de revoir son frère qu'il agit de cette façon, mais c'est plutôt pour l'intercepter avant qu'il entre dans la maison. Histoire de le prévenir de ce qui l'attend à l'intérieur. Les mauvais tours du sort ont fait en sorte que Marie-Anne se retrouve sur leur chemin pour raviver une blessure qui vient à peine de se cicatriser et Raymond ne veut absolument pas que cette erreur de parcours vienne entacher leur future relation. Ce serait trop stupide que cette folle détruise les liens fragiles qui sont sur le point de se tisser entre eux.

— Il me tardait de te revoir !
— Assez pour que tu prennes la peine de venir m'accueillir à l'auto !

De son bras, Raymond enveloppe les épaules de Robert et lui offre un immense sourire de joie comme réponse. Il espère franchement que leur ancienne amitié renaisse enfin de ses cendres.

— Bien entendu. Et puis, je me suis dit que nous pourrions nous balader sur le domaine. Tu pourrais me guider. Je n'ai même pas eu le temps de le visiter et, après tout, tu connais très bien cet endroit.

— Si tu veux, oui.

Les deux hommes s'éloignent du stationnement et marchent lentement sur le gazon que le jardinier a tondu quelques heures plus tôt. D'une discrétion étonnante, ce dernier a effectué ses travaux sans que les habitants de la maison s'en rendent compte. Robert est agréablement surpris de constater avec quel professionnalisme le jardinier s'occupe de ce magnifique terrain.

— Un peu plus loin, derrière cette lisière de bosquets, il y un pavillon. C'est là que le vieux jardinier habitait lorsque je suis venu ici en retraite fermée.

— Je crois qu'il a eu une mort tragique ce pauvre homme, n'est-ce pas? Enfin c'est ce que l'agent immobilier m'a affirmé.

— Exact. Là-bas c'est une petite remise où s'entassent tous les outils nécessaires à l'entretien, autant du terrain que de la maison.

Raymond s'arrête un instant, puis indique à Robert un banc de parc dissimulé sous le dôme d'une impressionnante beauté d'un saule pleureur.

— Tu veux bien qu'on s'assoie quelques minutes?

— Avec plaisir. L'endroit est magnifique, il vaut la peine de prendre le temps de bien l'admirer.

— Ce serait plutôt pour parler.

— Bien sûr. Nous avons tellement de choses à nous raconter. Il a coulé beaucoup d'eau sous les ponts depuis dix ans.

— Oui. Et il serait préférable que nous en parlions franchement pour ne pas s'y noyer.

Le timbre de voix de Raymond est grave. Robert est intrigué. Du moins il en donne l'impression car, au fond, il sait très bien de quoi Raymond veut l'entretenir. Il est même prêt à parier que d'ici quelques secondes, le nom de Marie-Anne sera prononcé.

Les deux hommes s'installent confortablement sur le banc et pendant un court moment ils laissent leurs yeux errer sur le panorama qui s'offre à eux.

— En fait, j'ai une mauvaise nouvelle à t'annoncer.
— Ça m'a l'air important.
— Ça l'est, crois-moi. Si je me souviens bien, Éloïse t'avait dit avoir fait paraître une offre d'emploi pour une bonne dans les journaux.
— En effet. Elle me l'a dit. Il n'y a personne qui s'est présenté ?
— Au contraire. Éloïse a rencontré une femme, milieu trentaine, avec une lettre de recommandation qui l'a emballée.
— Alors où est le problème ? Elle ne te plaît pas ?
— Pas vraiment. Et je crois qu'il en sera de même pour toi. C'est une ancienne connaissance. Une connaissance d'il y a dix ans. C'est Marie-Anne Michaud.

L'air surpris, Robert tourne un regard interrogateur vers son frère qui le fuit aussitôt en baissant les yeux. Serait-il possible que cet homme soit capable de remords et qu'il ait honte de ses agissements passés ? Robert ne peut le croire.

— Ça doit t'avoir donné un choc !
— Plus que tu ne peux l'imaginer.
— Pourquoi ne pas avoir refusé sa candidature alors ?
— Elle me menace de raconter des mensonges à Éloïse. De lui dire que c'était moi le seul responsable de votre rupture. Que c'était un coup monté de ma part. Mais tu dois me croire, cela n'a été qu'un concours de circonstances. C'est moi qu'elle devait rejoindre à l'appartement, mais j'ai eu un contretemps. Un accident bête de la part d'un conducteur imprudent. J'ai tout tenté pour les sauver, lui et sa famille, mais sans succès. Ils sont tous morts, c'est affreux.

Robert sourit légèrement à l'insu de Raymond. Il n'a pas du tout changé ! La version des faits de Marie-Anne est beaucoup plus plausible. C'est vraiment décevant de l'entendre ainsi essayer de se disculper. Malgré la colère montante, Robert reste de marbre, s'efforçant de paraître neutre dans cette affaire, même s'il est le principal concerné.

— Voilà ! Je voulais te mettre au courant avant que tu ne te trouves face à face avec elle. Tu dois assurément lui en vouloir. Je te comprends très bien. Cependant, je te demande de l'ignorer. Je ne voudrais pas qu'Éloïse souffre inutilement pour un mensonge éhonté de la part de cette folle.

— Ne t'en fais pas. Elle fait partie d'un passé que j'ai chassé de ma mémoire. J'ai tiré un trait sur cette triste histoire.

Le visage de Raymond s'éclaire subitement. Son talent de persuasion ne s'est pas amenuisé avec le temps. Il peut encore implanter ses idées, ses raisonnements, ses désirs dans la tête des gens. Même dans celle de son propre frère qui en a souvent été victime.

— J'en suis heureux. Tu m'enlèves une longue épine du pied. Je t'en remercie.

Tout à coup, un bruissement de feuillage se fait entendre derrière eux. D'un seul mouvement, les deux hommes se retournent vivement. Quelque chose ou quelqu'un a fait bouger les branches d'un buisson.

— Un chevreuil, peut-être.
— Possible. Il y en a en quantité dans ce secteur.

Raymond qui s'était levé pour mieux scruter les alentours, se rassoit près de son frère et garde le silence, jongleur. Si le bruit a été produit par quelqu'un qui les épiait, cela pourrait être fâcheux. Il devra être plus prudent à l'avenir.

— Maintenant que tu es rassuré sur ma réaction lorsque je rencontrerai Marie-Anne, nous pourrions rentrer. Je voudrais voir comment va Richard. Ça fait déjà plusieurs jours qu'il est chez toi, j'espère qu'il ne te crée pas d'ennuis ?

— Pas du tout. Il passe son temps avec les enfants à jouer à des jeux vidéo. J'aimerais discuter plus souvent avec lui, mais je ne veux pas brusquer les choses. Le rapprochement entre nous doit se faire à son rythme. J'ai confiance en l'avenir.

Les deux hommes se dirigent vers la grande demeure, passant à proximité du pavillon. À l'intérieur de ce dernier, une ombre se cache et les observe. Robert a soudain la nette impression d'être épié, mais décide de ne pas faire part à Raymond de cette désagréable sensation. Au fond de lui, il croit fermement que c'est Richard qui s'amuse à ce jeu. Après tout, il a accepté de demeurer sur place exactement pour ça, épier les gens et trouver des renseignements utiles qui pourraient servir à détruire la vie de Raymond. C'est la mission que Robert lui a confiée.

— J'ai remarqué que tu ne portais pas la petite croix qui t'identifie comme étant prêtre ?

Instinctivement Robert porte la main à son cœur. Effectivement, la petite croix n'y est pas. Quel manque de rigueur de sa part ! Il s'était pourtant juré de ne commettre aucune erreur qui pourrait éveiller le moindre soupçon de la part de sa proie. Raymond ne doit pas savoir qu'il a rompu les liens avec sa communauté. C'est en prétextant des rencontres avec ses pairs qu'il pourra à sa guise quitter le domaine aux moments qui lui seront propices.

— J'ai dû la perdre quelque part ! Ce n'est pas la première fois. Je suis passé maître dans l'art d'égarer des choses. Tu me connais.

Raymond sourit en constatant que son frère est resté le même qu'auparavant. Toujours la tête dans les nuages ce Robert. Il en a toujours été ainsi depuis sa plus tendre enfance.

Ils arrivent enfin à leur destination. Agenouillé à même le sol, un homme s'affaire au désherbage d'une longue plate-bande de fleurs entourant le stationnement.

Le jardinier !

De loin, Robert tente de discerner ses traits, mais n'y parvient pas. Cependant, en se rapprochant d'avantage, il a une impression de déjà-vu. Cet homme ne lui est pas totalement inconnu. Pour en avoir le cœur net, il entraîne Raymond a faire un léger détour jusqu'au stationnement avant de se diriger vers les marches menant à la maison. Histoire de vérifier dans sa voiture si sa petite croix n'y est pas.

Le fossoyeur !

Robert est consterné. Comment se fait-il que cet homme soit venu jusqu'ici, à St Sauveur, pour s'engager comme jardinier ? C'est une question à laquelle il lui faudra absolument trouver une réponse.

Tout à coup, il aperçoit une vieille voiture bleu foncé se trouvant près de la grande allée. C'est cette même voiture qu'il a vu, par son rétroviseur, s'arrêter un moment près de l'entrée du domaine le jour de sa première visite avec Richard. Cet homme le suit ! Pourquoi ?

— Tu as du l'égarer ailleurs.

Surpris par cette remarque, Robert fronce les sourcils en dévisageant Raymond qui dénote une certaine incompréhension sur les traits de son frère.

— Ta croix ! Elle ne semble pas être dans ta voiture.
— Oh ! Oui. La croix. En effet elle n'est pas là. Sûrement que je l'ai oublié à Montréal. Ça n'a pas tellement d'importance après tout.
— Allons ! Rentrons maintenant.

Raymond salue de la main le jardinier qui lui rend aussitôt avec un large sourire, puis agrippant le bras de Robert, il l'invite à le suivre à l'intérieur de sa demeure.

90

Chapitre 14

Soupçon

La situation est d'un ridicule risible. Un repas entre ennemis ! Mis à part Raymond dont l'insouciance amène à parler comme si rien ne s'était passé entre eux, les convives gardent le silence. Peut-être ne veulent-ils pas enclencher une discussion pouvant les conduire à une dispute en présence des jumeaux Thomas et Caroline. Ces derniers sont des otages innocents d'un passé qu'ils n'ont pas connu.

Leur première rencontre avec l'oncle Robert n'a pas été des plus chaleureuse. Bien sûr que celui-ci a démontré une certaine joie, mais très rapidement il s'est détaché d'eux avec un désintéressement significatif. Éloïse en a presque été choquée. Une telle désinvolture dénote un manque de maturité flagrant chez lui. Il n'a aucune raison de leurs en vouloir et de se comporter si froidement avec eux.

En attendant qu'une cuisinière soit engagée au domaine, c'est Marie-Anne, à la demande d'Éloïse, qui agira comme telle. D'ailleurs elle en a le talent, car tous sont d'accord pour affirmer que le repas est succulent. Un surplus sera ajouté sur ses gages le temps qu'elle cumulera les deux fonctions dans la famille Bérubé. Cela la rendra plus présente dans la vie de Raymond et, par le fait même, facilitera sa mission.

Robert regarde le cadran de sa montre. Presque vingt heures. Le temps est venu pour lui de quitter, prétextant que la route est longue jusqu'à Montréal.

— Tu pourrais coucher ici, pour une fois, lance Raymond. Il ne manque pas de place tu sais.

— Ce sera pour une autre fois. J'ai un travail de recherche à terminer pour la communauté.

— Dommage, soupire Marie-Anne qui depuis quelques minutes s'est mêlée aux Bérubé. Je vous ai préparé une chambre au deuxième, près de la mienne.

Les yeux d'Éloïse se posent sur la rousse, surprise par ses dernières paroles. Après tout, ce n'est pas à la bonne de faire les invitations. Elle et Raymond sont très bien capables d'accomplir cette tâche eux-mêmes. En plus, Marie-Anne spécifie clairement que Robert dormirait près de sa chambre, comme si cette déclaration le motiverait à passer la nuit au domaine. Elle a un léger pincement au cœur en songeant que Marie-Anne pourrait tenter de le séduire. Ce serait honteux de sa part. Un prêtre ! Même si celui-ci ne porte pas sa petite croix qui l'identifie comme tel, il n'en reste pas moins que c'est un prêtre. Éloïse baisse la tête. Est-ce vraiment parce que Robert est un homme d'église qu'elle a ce malaise ou parce qu'il a été son amoureux jadis ? Non, ça ne peut pas être de la jalousie.

— Marie-Anne, coupe aussitôt Raymond avec un regard rempli de reproches ! Robert est assez grand pour décider lui-même de ce qu'il a à faire.

C'est clair dans sa tête que cette foutue folle veut à tout prix s'entretenir avec Robert et faire ressurgir du passé un douloureux souvenir. Elle va sûrement tenter de s'en faire un allié pour assouvir sa vengeance. Heureusement que Robert ne semble plus nourrir de rancune à son égard. Ce n'est d'ailleurs pas son genre de crier vengeance pour quelque chose d'aussi anodin.

— Très bien. Je disais ça comme ça. Tout simplement pour lui éviter une longue route. Mais tu as raison, ce n'est pas à moi d'intervenir.

Robert croit lire un message dans les yeux de Marie-Anne lorsque celle-ci tourne vers lui un visage grimaçant de déception. Il doit s'agir de quelque chose d'important pour qu'elle se permette de s'immiscer ainsi dans la conversation. Il est intrigué par son attitude.

— Marie-Anne a raison. Après tout, mon travail de recherche peut bien attendre un jour de plus.
— À moi aussi, ça ferait plaisir que tu restes, renchérit Richard. Nous n'avons pas eu souvent l'occasion de discuter ensembles ces derniers temps. Enfin, depuis la mort de papa.

Robert demeure songeur un long moment. Il n'avait pas prévu coucher au domaine. Pas plus qu'il n'avait réellement l'idée de retourner à Montréal. Il lui reste encore des préparatifs à faire au motel désaffecté avant de s'y installer. Néanmoins l'insistance de Richard laisse deviner qu'il a lui aussi quelque chose d'important à lui dire.

— Je crois bien que je n'ai pas le choix d'accepter. En plus, je me sens plutôt fatigué. Vaut peut-être mieux pour moi ne pas prendre la route ce soir.

Alors qu'Éloïse et Raymond devraient sauter de joie face à cette décision inattendue, ils se contentent de sourire et de hocher la tête pour feindre leur satisfaction. Leurs raisons sont totalement différentes, mais il n'en reste pas moins que la présence de Robert au domaine les inquiète.

Éloïse craint que Marie-Anne ne veuille lui faire des avances. Après tout, le fait d'être prêtre ne l'empêche pas d'être un homme séduisant. Elle réalise soudain que sa réaction est celle d'une femme jalouse. Pourtant elle l'a banni de son cœur depuis une décennie.

De son côté Raymond est persuadé que la rousse va tout mettre en œuvre pour détruire ses efforts de rapprochement avec ses frères. C'est elle-même qui lui a promis de faire de sa vie un enfer. Le temps presse. Il doit lui clouer le bec à cette chipie.

Même si Robert n'a pas été à la hauteur des attentes des enfants, ceux-ci sont sincèrement heureux de savoir que l'oncle Robert va rester chez eux pour la nuit. Il est touché par leur enthousiasme et pose des yeux brillant de tendresse sur eux.

— Et puis, demain matin, si vous le permettez, j'amènerai les enfants en balade. Histoire de faire plus ample connaissance.
— Bonne idée, s'exclame Raymond !

Marie-Anne grimace à cette annonce de Robert. Cela ne lui plaît pas du tout. Il faut absolument qu'elle ait un entretien avec lui le plus tôt possible. Nerveusement, elle empile les assiettes sales et disparaît derrière la porte battante séparant la cuisine de la salle à dîner. Elle remarque aussitôt que la porte donnant sur la cour arrière est déverrouillée. Pourtant elle est certaine d'avoir poussé le loquet alors qu'elle s'affairait à la cuisine pour préparer le souper.

Avant de la verrouiller de nouveau, elle jette un coup d'œil à l'extérieur et scrute l'immense terrain pendant quelques secondes. C'est sûrement Richard qui, comme à son habitude, a utilisé cette porte, préférant celle-ci à la porte principale, pour aller griller une cigarette puisque Éloïse lui interdit de fumer dans la maison. Marie-Anne ne le voit pourtant pas.

Un bruit de pas derrière elle attire son attention. Faisant volte-face, elle se retrouve nez à nez avec Robert dont les mains sont chargées d'ustensiles et de quelques tasses.

— Je crois que tu voulais me parler, dit-il à voix basse, presque en chuchotant ?

Marie-Anne étire le cou légèrement au-dessus de l'épaule de Robert pour s'assurer que personne ne l'a suivi. Tout va bien, ils sont seuls.

— J'étais d'accord pour s'en prendre à Raymond, mais pas aux enfants !
— De quoi parles-tu ?
— Ne fais pas l'hypocrite ! Tu sais très bien de quoi je parle. L'appel de menaces, ça ne te dit rien, je suppose !
— Quelles menaces ? Je ne comprends rien à ce que tu racontes.

Marie-Anne tente de chercher la vérité dans le regard de Robert. Il a l'air sincère, mais elle n'est pas du tout rassurée. Peut-être joue-t-il tout simplement la carte de l'innocence et dans quelques temps, lorsqu'il sera trop tard, elle découvrira que c'est lui l'auteur de cet appel.

— Ils ont reçu un coup de fil d'un inconnu qui réclame cent millions de dollars pour épargner la vie des jumeaux.

La surprise peinte sur le visage, Robert secoue la tête en signe d'incompréhension et d'ignorance. Jamais il n'a eu l'intention de faire du mal à des innocents. D'ailleurs, au téléphone, il a expliqué clairement à Marie-Anne ce qu'il attend d'elle en lui dévoilant son plan qu'il veut mettre à exécution pour se venger de Raymond et d'Éloïse. Les enfants ne sont pas concernés.

— Tu dois me croire. Ce n'est pas moi. De plus, si tu veux mon avis, c'est l'œuvre d'un plaisantin. Voyons ! Cent millions de dollars. C'est beaucoup trop exagéré. Raymond pense quoi de tout ça ?
— Il dit comme toi. Que c'est une mauvaise plaisanterie.
— Tu as réellement cru que j'étais capable d'une chose aussi horrible ?
— Dans le fond, je ne te connais pas beaucoup. J'ai eu peur d'être mêlée à une affaire d'enlèvement.

— Et de meurtre ? Sois tranquille, ce n'est pas du tout le cas. Tout ce que je veux, c'est leur faire mal. Mal moralement.

Marie-Anne serre les lèvres et hoche doucement la tête comme pour exprimer son regret d'avoir douté de Robert en lui prêtant de si mauvaises intentions. Il est, du moins en apparence, un homme trop doux pour se perdre dans des actes aussi barbares.

Après quelques paroles de réconfort pour inviter Marie-Anne à oublier cette histoire, Robert retourne à la salle à dîner. La grande pièce est vide. Raymond et Éloïse sont allés border les jumeaux alors que Richard est sorti s'acheter un paquet de cigarettes au dépanneur à trois kilomètres de là. Pour ce faire, Éloïse a consenti à lui prêter son Altima, mais non sans lui donner toutes les recommandations d'usage. D'ailleurs il ne devrait pas tarder à revenir au domaine.

Soulagé de ne pas avoir à discuter davantage pour ce soir, Robert traverse la salle à dîner, le salon et le hall d'entrée pour se diriger vers l'escalier menant au premier étage. Au moment où il s'apprête à monter, il remarque, sous le grand escalier que la porte menant à la cave est entrouverte. Probablement une négligence de l'un des habitants de la maison. Néanmoins, la curiosité de Robert l'emporte et il actionne le commutateur permettant d'éclairer la descente à la cave.

Malgré que les marches en bois de l'escalier soient encore en bon état, l'une d'elles laisse entendre un craquement. Robert se souvient qu'il en a toujours été ainsi puisque, lors de ses stages dans cette maison, quelques années plus tôt, il empruntait souvent ce trajet pour se faufiler par un soupirail afin d'aller se balader sur le grand domaine à l'insu des prêtres.

Un véritable fouillis règne dans l'immense cave à peine éclairée par une lueur diffuse. Des ampoules trop faibles ne parviennent pas à suffire convenablement à la tâche. Une multitude de vieux meubles sont entassés contre les murs, des centaines de boîtes remplies à craquer d'articles divers jonchent le sol terreux et humide, des étagères également remplies à capacité, disposées de façon asymétrique, s'élèvent un peu partout, créant ainsi une espèce de labyrinthe.

Une forte odeur de moisissure flotte dans l'air, causée par la détérioration des poutres auxquels est suspendu un réseau complexe de tuyaux suintants.

Malgré tout, rien ne semble surprendre Robert qui constate que les ans n'ont rien changé au désordre qui y régnait jadis. Selon son évaluation de l'endroit et son souvenir, tout est en ordre.

L'un des soupiraux n'est pas correctement verrouillé. Robert hésite un long moment. Quelqu'un l'a sûrement laissé volontairement déverrouillé. Richard ! Encore lui. Pourquoi agir de la sorte et risquer de se faire prendre à jouer les maraudeurs ? Va falloir qu'il ait un entretien sérieux avec lui pour le remettre sur la bonne voie et qu'il se consacre exclusivement à fouiller les papiers de Raymond. Trouver une preuve quelconque sur la malhonnêteté de ce dernier est la mission de Richard. Rien d'autre.

Pour ne pas risquer que son cadet soit coincé à l'extérieur, s'il a prévu d'utiliser le soupirail pour rentrer, Robert décide de ne pas le verrouiller, mais se promet bien de lui en glisser un mot aussitôt que possible.

— Qui est là, lance une voix forte et autoritaire ?
— Ce n'est que moi.

En haut de l'escalier, Raymond attend que Robert vienne le rejoindre. Ses traits sont torturés par une question qu'il n'ose poser, comme pour ne pas vexer son frère.

— La porte était entrouverte, s'empresse d'expliquer Robert pour soulager la curiosité de Raymond. Je suis allé voir ce qui se passait en bas. Rien n'a vraiment changé, tu sais.

— Justement, je ne le sais pas. Je ne l'ai pas encore visité. Éloïse l'a fait à ma place avant l'achat du domaine. D'après elle, c'est un véritable paradis.

Robert éclate d'un rire franc tout en répétant à quelques reprises le mot « paradis » pour se moquer de cette dénomination pour un endroit aussi bordélique. Presque aussitôt, Raymond l'accompagne dans son délire hilarant et tous deux se dirigent vers le grand escalier menant au premier.

Tout à coup, le son du téléphone vient figer les traits des deux hommes. Tout en maugréant, Raymond se rend à la petite table supportant l'appareil téléphonique, située non loin de la porte d'entrée.

— Résidence Sinclair !

Robert s'étonne de la façon de répondre de son frère. Pourquoi « Sinclair » et non pas « Bérubé » ? Connaissant le machisme de Raymond, il a du mal à en croire ses oreilles. Ses raisons doivent être d'une importance capitale pour accepter d'utiliser le nom de sa femme comme présentation du domaine.

« Cette nuit ».
— Qui es-tu ?

À l'autre bout du fil, un rire sarcastique se fait entendre pendant quelques secondes, puis la voix nasillarde reprend son aplomb. Raymond fulmine. Il n'apprécie vraiment pas d'être ainsi ridiculisé par un plaisantin de cet acabit.

— Vas te faire foutre, espèce de débile mental !

Les insultes de Raymond ne font qu'alimenter le rire de l'inconnu. Ce mystérieux personnage est réellement un malade et il se gave de la colère qu'il provoque chez son interlocuteur. Faire durer le plaisir ne ferait que compromettre son anonymat, sachant très bien que quelques fois, il ne suffit que d'un mot mal employé pour créer un soupçon dans l'esprit des gens. La tentation est grande de poursuivre cette provocation. Cependant, comme toute bonne chose à une fin, il raccroche brusquement. Raymond est en furie. Il lance littéralement l'appareil sur la petite table, faisant voler en éclat le vase de faïence qu'il avait offert à Éloïse pour son dernier anniversaire.

— Que se passe-t-il ? Pourquoi te mettre dans cet état ?

— Un maniaque ! Ou plutôt un imbécile qui croit me faire peur.

— Il te veut quoi au juste ?

Raymond hésite. Ça ne servirait à rien de créer un vent de panique dans la maison en racontant à tous ce que ce sombre individu prétend vouloir faire. Pourtant, la colère l'emporte sur le bon sens et tout en blasphémant, il raconte à Robert les propos de l'inconnu lors de son premier appel qui avait traumatisé Éloïse. Ce dernier l'écoute sans l'interrompre, malgré qu'il soit déjà au courant de ce qui se passe, puis laisse s'écouler quelques secondes avant de le questionner.

— Il t'a fait la même demande à l'instant ?

— Non. Pas de demande. Une simple affirmation.

— Laquelle ?

— Il a tout simplement dit : Cette nuit.

— Cette nuit ! Quoi ? Tu veux dire qu'il menace de faire du mal aux enfants cette nuit même ? Voyons, c'est ridicule.

En haut de l'escalier, Éloïse a suivi la conversation avec le plus grand intérêt. Ses yeux s'inondent de larmes et de ses mains elle tente d'arrêter, avec insuccès, un cri d'horreur. Instinctivement, les deux hommes tournent la tête dans sa direction. Elle est abattue, effondrée. Son regard éperdu n'arrive plus à se stabiliser. Ses jambes devenues trop molles ont peine à soutenir son corps et elle doit s'accrocher fermement à la rampe de l'escalier pour ne pas s'affaisser. Robert fonce vers elle pour la rattraper avant que l'irréparable ne survienne et c'est «in extremis» qu'il parvient à l'agripper par les épaules pour lui éviter la chute.

Toujours en la soutenant, Robert l'entraîne lentement vers le bas et l'installe dans un fauteuil. Raymond n'a pas bougé, se contentant d'assister à la scène. Robert est choqué par son attitude décevante et c'est avec beaucoup de peine qu'il réussit à contenir sa colère.

— Il faut appeler la police, crie Éloïse à l'endroit de son mari !

— Pas question de mêler la police à cette comédie.

— Les enfants sont en danger. Tu t'en moques ?

— Je ne m'en moque pas du tout. Si ces appels avaient quelque chose de sérieux, je n'hésiterais pas à appeler les flics. Mais là, il s'agit d'un imbécile qui veut tout simplement nous faire peur. Je ne veux pas embarquer dans son jeu. Un point c'est tout.

Éloïse explose littéralement. Comment un homme peut-il rester aussi insensible au sort qu'un inconnu, sérieux ou non, réserve à ses enfants ? Le comportement de Raymond est indigne et dénué d'amour pour Thomas et Caroline. Soudainement envahie d'une force incroyable, elle bondit sur ses pieds pour aussitôt se planter devant Raymond, surpris par ce regain de vie inattendu.

— Tu ne penses qu'à toi encore une fois. Rien ne compte autour de toi. Tu as toujours été centré sur ta petite personne. Eh bien ! Je ne te laisserai pas mettre la vie de mes enfants en danger sans réagir. Je vais appeler la police et tout leur raconter.

— Calme-toi un peu. Tes enfants… Nos enfants sont en sécurité. Il y a des caméras de surveillance près des deux portes d'entrée. Comment crois-tu qu'un fou de la sorte puisse entrer ici et s'en prendre à Thomas et à Caroline sous nos yeux. Ne vas surtout pas te ridiculiser en racontant ça aux policiers.

— C'est de ta faute tout ça. Si tu m'avais écouté, nous ne serions jamais revenus par ici. Sept-Îles n'était pas une ville assez importante pour toi ? Il te fallait te rapprocher de Montréal pour démontrer à ta famille que tu avais réussi ta vie ?

Éloïse se retourne en direction de Robert, qui observe le couple avec un certain plaisir qu'il doit néanmoins dissimulé sous des traits graves, puis se rapprochant de lui elle lui lance un regard rempli de reproches.

— Il me disait que tout serait changé, Que vous auriez oublié le passé, maintenant que la poussière est retombée. Je n'en crois rien. Je me demande même si ce n'est pas vous qui êtes en dessous de tout ça.

— Tu débloques complètement ma pauvre Éloïse, réplique instantanément Robert. Tu ne penses certainement pas ce que tu dis.

— Oh si! Je le pense. Même que j'en suis persuadée. Ton attitude envers les enfants lorsque tu les as rencontrés, en disait long sur ton indifférence. J'ai immédiatement remarqué la haine que tu avais pour eux. Ne le nie surtout pas. Richard est de mèche avec toi, n'est-ce pas? Il fait semblant d'aimer Thomas et Caroline pour mieux se rapprocher d'eux et le moment venu, il passera aux actes. D'ailleurs il n'était pas présent lors des deux appels anonymes. C'est lui, n'est-ce pas? Dis-le-moi. C'est lui?

— Ça suffit. Intervient Raymond en empoignant Éloïse par le bras pour la forcer à se rasseoir. Tu ne sais plus ce que tu dis!

D'un mouvement brusque elle tente de faire lâcher prise à Raymond, mais ce dernier résiste. Exaspéré par son comportement hystérique, de sa main ouverte, il la frappe violemment à la figure. L'effet est instantané. Éloïse demeure paralysée sur place, ses yeux restent fixés au regard attristé de Raymond. Brusquement elle s'effondre sur le fauteuil et ses pleurs viennent diminuer la tension qui l'habitait depuis quelques minutes.

— Je suis désolé, ma chérie. Mais il le fallait. Tu n'avais pas le droit de porter de telles accusations.

Robert recule de quelques pas de manière à sortir du champ de vison d'Éloïse pour éviter d'attiser ses soupçons. Elle a perdue totalement son bon sens. Comment peut-elle s'imaginer un seul instant qu'il serait capable de faire du mal à ses enfants? C'est inconcevable. Il songe tout à coup aux dernières paroles d'Éloïse, affirmant que Richard est le mystérieux personnage des appels téléphoniques. Et si c'était lui. Cette pensée le fait frémir. Non ! Richard n'est pas un assassin.

Chapitre 15

Vision du passé

— Où étais-tu ?

Debout dans l'encadrement de la porte de la chambre de Richard, Robert attend une réponse plausible de la part de son cadet qui vient à peine d'arriver. La surprise l'empêche de répondre immédiatement. Pourquoi Robert arrive-t-il en trombe dans sa chambre à onze heures du soir ? De plus, il n'a pas de compte à lui rendre. Il est assez vieux pour rentrer à l'heure qu'il veut et d'aller où il le désire.

— En quoi ça te regarde ?
— Ça me regarde plus que tu ne le crois. Où étais-tu ?
— Au dépanneur, m'acheter des cigarettes, et après je suis allé dans un bar de danseuses nues pour prendre un verre et me rincer l'œil un peu. J'ai quand même le droit de me divertir de temps en temps, non. Je suis majeur, à ce que saches.
— Oui, bien sûr. Si toutefois tu dis la vérité.

Richard bondit. Il n'apprécie pas qu'on le prenne pour un menteur. Surtout venant de son propre frère. Ses traits sont déformés par la colère qu'engendrent les fausses allégations de Robert. Ce dernier se rend subitement compte qu'il y est allé un peu trop fort et qu'il a sauté trop rapidement aux conclusions. Il a erré dans son approche qu'il juge maintenant d'une maladresse impardonnable. De ses mains tendues vers l'avant, il invite Richard au calme. Ce n'est pas le moment de se quereller. La situation ne s'y prête pas vraiment. Surtout que dans la chambre à côté, se trouvent Raymond et Éloïse qui ne doivent sûrement pas dormir.

— C'est bon. Je me suis mal exprimé, je m'en excuse. Reprenons à zéro.

— Vaudrait mieux, oui. Je ne tolérerai pas que tu me traites de la sorte.

Penaud, Robert baisse la tête un moment, puis raconte à Richard ce qui s'est passé plus tôt dans la soirée. L'appel de l'inconnu et la réaction cinglante d'Éloïse. Il s'excuse que les paroles de cette dernière aient jeté un doute dans son esprit et le prie de lui pardonner. Richard hoche la tête en signe de compréhension. Les coïncidences sont souvent trompeuses et Robert s'y est laissé prendre.

— Tu crois réellement que ce mystérieux personnage va mettre à exécution sa menace ?

— Je n'en sais trop rien. J'espère que non. Mais quoi qu'il en soit, ce foutu maniaque vient déranger mon plan. Ce n'est pas ce que j'avais prévu. Tout devait se dérouler sans encombre.

— Au fait. Tu ne m'as jamais réellement mis au courant de ton véritable plan. Mis à part le fait de chercher des renseignements qui pourraient nuire à Raymond, je ne sais rien d'autre.

— Ça viendra.

— J'aimerais être mis au courant tout de suite.

— Ça viendra que je te dis ! Rien ne presse.

— Au contraire. Ça se bouscule. Ça ne nous donne pas beaucoup de temps. Si Raymond et Éloïse ont déjà disparu sans laisser de trace pendant dix ans, ils peuvent très bien le refaire s'ils croient sincèrement que l'auteur des appels de menaces tentera de passer aux actes cette nuit.

— Ce serait un grand désappointement, en effet.

— Nous n'allons certainement pas laisser un fou nous priver du plaisir de détruire nous-même Raymond. Je crois que notre priorité serait de démasquer ce fauteur de troubles.

— Peut-être que ce serait mieux, en effet. Mais comment ? Nous n'avons aucune idée de qui il peut s'agir.

Robert ferme les yeux pour mieux réfléchir, mais rien de bien concret ne vient l'éclairer. Au fond de lui, il n'est pas encore tout à fait convaincu que Richard soit étranger à cette histoire.

— Pour l'instant, soupire Richard pour interrompre les pensées de son frère, j'aimerais bien dormir un peu.
— Je croyais que tu avais quelque chose d'autre à me dire. Enfin c'est ce que j'ai cru comprendre au souper.
— Rien de bien précis, mais je pense que Raymond est mêlé à une histoire de fraude. Il aurait dupé un groupe d'hommes d'affaires en les incitant à spéculer sur l'achat de terrains renfermant un gros potentiel en gisement de diamants. Il a donc ramassé le magot. Malheureusement, je ne sais pas encore à quel endroit au juste. J'ai effectué des recherches sur Internet avec l'ordinateur des enfants, mais je ne trouve aucune trace de lui. Comme si son nom n'existait nulle part au pays.

Robert connaît l'endroit. Il en est certain. Éloïse a parlé de Sept-Îles tout à l'heure. C'est sûrement dans cette région que Raymond a sévie. De divulguer ce renseignement à Richard pourrait, à coup sûr, l'aider dans ses recherches. Pourtant Robert se tait. Cela lui importe peu en fait de connaître les méfaits de son aîné. L'essentiel c'est que Richard se croit utile en fouinant ici et là pour tenter de découvrir les secrets du passé de Raymond.

— Comme tu l'as si bien dit. Vaut mieux se concentrer sur le maniaque et laisser mon plan en suspens.
— On dirait que tu es complètement indifférent à ce que je viens de t'apprendre !
— Au contraire ! J'en suis ravi. J'ai d'autres préoccupations, voilà tout.

Sur ce, Robert quitte la chambre de Richard et referme la porte derrière lui. Au moment où il s'apprête à longer le passage jusqu'à son extrémité pour atteindre l'escalier menant au deuxième, il aperçoit à ses pieds, une petite tache sombre qu'il n'avait pas remarqué à son arrivée. Malgré la faible luminosité qu'offrent les luminaires antiques accrochés aux murs, il reconnaît une petite galette de terre. Intrigué, il ramasse cette dernière, qui s'avère être encore légèrement humide, et la porte à son nez. Il y décèle aussitôt une odeur de moisissure qui lui est familière. Celle de la cave. Immédiatement il revoit dans sa tête, le soupirail déverrouillé et la porte entrouverte sous l'escalier du rez-de-chaussée.

Lentement il pivote sur lui-même et pose son regard sur la porte de la chambre de Richard. Pendant un instant il est tenté d'aller lui demander des explications, mais se ravise. Cela ne l'avancera en rien s'il lui fait savoir qu'il a découvert son petit jeu. Au contraire Richard redoublera d'attention et sera plus difficile à déjouer. Il est donc préférable de se taire, mais de constamment garder un œil sur lui.

Avant de se diriger vers l'escalier, Robert se rend à la chambre de ses hôtes, adjacente à celle de Richard, puis colle une oreille sur la porte pour vérifier si ces derniers sont endormis. Des chuchotements ténus parviennent jusqu'à son tympan. Ils sont encore éveillés. Robert espère qu'ils n'ont rien capté de sa conversation avec Richard. Ce qui, de toute évidence, mettrait son plan en péril. Pire ! Ils seraient, sur le champ, renvoyés du domaine.

À pas de loup, Robert s'éloigne et arrive finalement à l'escalier au fond du corridor. Tout en haut, l'éclairage est encore plus mauvais et sa vision s'en trouve diminuée considérablement. Pourtant, alors qu'il lève les yeux, il croit discerner un certain mouvement. Une ombre qui disparaît aussitôt, comme si elle tentait de se soustraire subitement à son regard. Malgré qu'il soit difficilement impressionnable, Robert sent un courant chaud traversé son corps, occasionné par un embryon de peur. Il se ressaisit aussitôt et accélérant son ascension, il atteint le haut de l'escalier.

La salle de séjour dans laquelle il se retrouve est déserte. Ici et là, de petites lampes de veille projettent de faibles faisceaux lumineux rendant lugubre cette pièce, adjacente à sa chambre et à celle de Marie-Anne. La porte de cette dernière est entrouverte. La rousse est-elle cette ombre qui s'est enfuie à son arrivée ? Robert est las de toutes ces questions qu'il se pose et auxquelles il ne parvient pas à trouver les réponses.

Prenant bien soin de ne faire aucun bruit, il s'approche lentement de la porte et, par l'entrebâillement, jette un regard à l'intérieur de la chambre.

Marie-Anne est couchée et semble profondément endormie. Les rayons de la lune s'infiltrant par la fenêtre près du lit, viennent inonder de leur clarté le corps à demi nu de Marie-Anne.

Malgré que le moment soit mal choisi pour jouer au voyeur, Robert garde ses yeux bien accrochés à cette magnifique vision que lui offre la lune. Pendant de longues secondes, il admire avec grand plaisir les formes superbes de la dormeuse qui se gonflent à chacune de ses respirations. L'intense désir que provoque chez lui cette fresque sensuelle vient lui rappeler qu'il n'a pas fait l'amour à une femme depuis cette fameuse soirée au Parc des Mésanges, il y a dix ans. Le réveil de son corps est à la fois excitant et douloureux alors qu'un doux frisson de plaisir vient se mêler à la peine que le départ brutal d'Éloïse lui a infligée. L'espace d'une seconde il a envie de ce corps, de le caresser, de l'embrasser, de le pénétrer. Cependant, il doit détacher son regard affamé de Marie-Anne. L'heure n'est pas au batifolage. Des choses plus importantes le pressent de chasser cette sensation agréable qui monte en lui. Il soupire profondément, puis se détourne de la belle rousse.

Une autre porte apparaît à quelques mètres à côté. Si Robert se souvient bien, il s'agit d'une pièce de rangement où s'entassaient une multitude de meubles et d'objets devenus inutiles que les prêtres conservaient sans raison. Elle est fermée. Robert tourne la poignée et glisse une main à l'intérieur de la pièce pour atteindre le commutateur. Une lumière forte jaillit aussitôt d'un plafonnier. Rien n'a réellement changé. Tout est en désordre. Instinctivement, il dirige son regard vers le mur du fond. Son cœur s'arrête. Sa respiration s'accélère. Une sueur abondante surgit brusquement de sa peau.

Elle est là. Exactement comme dans ses visions. Il doit réagir au plus vite pour ne pas sombrer dans le néant et s'absenter encore une fois de la réalité. Il est attiré par cette porte, sans cadrage et à peine visible, qui l'interpelle et qui veut le forcer à l'ouvrir. Pas maintenant, non. Il est trop tôt. Plus tard, peut-être.

Robert s'agrippe au peu de force qu'il lui reste et d'un élan désespéré, il quitte la chambre de débarras pour se retrouver à genoux, haletant, dans la petite salle de séjour, à deux pas de la chambre que Marie-Anne a préparée pour lui.

Comme un démon voulant de soustraire à de l'eau bénite, il fonce aussitôt vers cette dernière et s'y engouffre en verrouillant soigneusement la porte. Tout redevient normal. Son rythme cardiaque et sa respiration se stabilisent presque instantanément. Dans sa tête, le tourbillon se souvenirs cesse son activité pour le plonger dans un état de grande lassitude. Sans même se dévêtir, Robert s'allonge sur le lit, ferme les yeux et, oubliant l'ombre qui l'a mené aux portes de l'enfer, il s'endort.

Chapitre 16

Encore des menaces

Un tintamarre infernal fait sursauter Éloïse alors qu'elle vient tout juste de trouver le sommeil. Le cadran, posé sur sa table de chevet, indique deux heures.

Hébétée par ce réveil brutal en pleine nuit, elle ne réalise pas immédiatement que le téléphone en est coupable. Un nouveau grésillement la sort de sa torpeur et d'un geste brusque, elle tente de s'emparer de l'appareil. Celui-ci lui glisse de la main et vient choir sur le tapis. À tâtons, Éloïse réussit à s'en saisir et le porte à son oreille, mais non sans avoir une certaine réticence. Son appréhension est fondée. À l'autre bout, la voix nasillarde ricane un moment, puis après un silence, reprend son sérieux.

Tout à coup, avant même qu'Éloïse ait pu comprendre ce que son interlocuteur a à lui dire, elle est bousculée légèrement alors que Raymond, réveillé à son tour, lui arrache l'appareil.

« Très bientôt. »
— C'est quoi ton problème, toi ! Qu'est-ce que tu nous veux au juste ?
« Vous allez souffrir tous les quatre. »
— Pourquoi ? Qu'est-ce qu'on t'a fait ? Je ne te connais même pas !
« Tu me connais très bien. »
— Qui es-tu ? Allons, parle ! Dis-moi qui tu es !

« Très bientôt. »

Le son continu de la ligne téléphonique indique à Raymond que le mystérieux inconnu a raccroché. Il tourne un regard consterné en direction de sa femme dont les yeux inondés cherchent des explications sur ses lèvres. Celles-ci tardent à venir. Son mutisme l'entraîne dans un état d'anxiété que son cœur a de la difficulté à soutenir alors que ses battements atteignent le seuil critique de la crise cardiaque. Raymond la regarde souffrir à ses côtés, sans poser le moindre geste, sans prononcer la moindre parole, sans éprouver le moindre sentiment. Éloïse se sent faiblir de plus en plus, son sang est en ébullition, son corps est brûlant et dans sa tête se déroule une véritable tempête.

Soudain, elle s'immobilise complètement. Tous les muscles de son corps se relâchent et son cœur s'apaise peu à peu. Les yeux grands ouverts, elle fixe les ombres que sa lampe de chevet renvoie sur le plafond, puis fermant lentement les paupières, elle sombre dans l'inconscience.

Pendant plus d'une heure, assis sur un fauteuil près du lit, Raymond reste sans bouger à regarder Éloïse dont la respiration a repris depuis longtemps son rythme normal. Un combat intérieur se déroule en lui. Un instant, il est convaincu que ces appels ne sont qu'une magistrale plaisanterie et la seconde suivante, il est persuadé que le maniaque va mettre à exécution ses menaces. Un instant, il décide d'ignorer totalement ce plaisantin, et une seconde après, il veut tout mettre en œuvre pour contrecarrer son plan. Un instant, il veut tout faire pour protéger sa famille, et une seconde plus tard, il y voit une occasion inespérée. Celle de retrouver sa liberté, tout en récupérant sa fortune qu'il a dû placer dans un compte bancaire au nom de sa femme. D'ailleurs c'est un peu pour cette raison qu'il a tenu à venir s'établir dans cette région. De toute façon, il aurait sûrement trouvé le moyen de se débarrasser d'elle. La chance lui est offerte sur un plateau d'argent. Tout ce qu'il a à faire c'est de laisser agir le maniaque et manœuvrer de manière à ce qu'Éloïse subisse le même sort que ses enfants. Cette pensée le fait sourire. Même que s'il y met toute son adresse, il pourrait faire porter le chapeau à ses frères, surtout à Robert, pour couvrir son implication. Non pas qu'il est directement lié à ce fou, mais on pourrait l'accuser de complicité s'il ne tente rien pour l'empêcher d'atteindre son but. Au matin il y verra plus clair et sera en mesure de prendre la bonne décision. Avant tout, il doit peser le pour et le contre de cette dernière pour éviter tous risques possibles.

Raymond prend une profonde inspiration, puis se lève du fauteuil et vient s'étendre près de son épouse pour y retrouver son sommeil interrompu. Au bout de quelques minutes sa respiration devient d'une régularité révélatrice, indiquant ainsi qu'il a sombré dans le monde du rêve. Éloïse ouvre les yeux. Lentement elle se retourne vers son mari, posant sur lui un regard foudroyant de haine. Malgré qu'elle ait été totalement désorientée par l'appel de l'inconnu, elle a pu, néanmoins, constater avec quel détachement Raymond l'a regardé s'effondrer jusqu'à perdre conscience. Il n'a même pas levé le petit doigt pour lui venir en aide. Elle a frôlé la crise cardiaque et il est resté là à la regarder mourir. Cet homme n'est pas celui qu'elle croyait être. L'évidence la frappe de plein fouet et lui arrache une coulée de larmes. Raymond ne l'aime pas !

Précautionneusement, Éloïse se glisse hors du lit. Encore trop affaiblie par l'immense stress qu'elle a subi, elle vacille un instant, mais reprend aussitôt son aplomb et se dirige vers la porte. Sans faire de bruit elle quitte la chambre. Avant de descendre au rez-de-chaussée, elle jette un œil dans les chambres de Thomas et de Caroline afin de vérifier qu'ils vont bien. Tout est normal.

Une fois au salon, Éloïse s'installe dans un fauteuil et se saisit du combiné téléphonique. Elle n'a plus le choix maintenant. Elle doit aviser les policiers de ce qui se passe au domaine. Elle songe même à les informer des agissements de son propre mari envers elle. Raymond lui en a toujours voulu. Depuis les premiers mois de leur fuite de Montréal. Il n'a jamais accepté qu'elle l'ait repoussé sexuellement pendant près de deux mois après avoir quitté Robert. Elle s'en sentait incapable. Le désir charnel l'avait complètement quitté et elle se refusait à avoir une relation avec un autre homme. Ce n'est qu'après de nombreuses menaces de la quitter, qu'elle avait finalement cédé à Raymond.

« Cet homme n'a-t-il vraiment pas de cœur, songe-t-elle ? C'était d'ailleurs son opinion, à l'époque. »

Du revers de la main, elle essuie les larmes qui embrouillent considérablement sa vision, puis s'apprête à composer le numéro de la police de St Sauveur.

Tout à coup, un bruit de pas la fait sursauter. Il provient du hall d'entrée. Elle cesse tout mouvement pour ne pas révéler sa présence de peur que ce soit Raymond qui vienne lui interdire d'appeler les policiers. De longues secondes s'écoulent sans qu'aucun autre bruit ne se fasse entendre. Les yeux toujours tournés vers le hall d'entrée, elle se lève du fauteuil et traverse silencieusement le salon. Mais avant de l'atteindre, elle aperçoit, sur le mur d'en face, une ombre à peine visible qui s'enfuie.

Apeurée, Éloïse se couvre la bouche de ses mains. Son regard affolé fouille chaque recoin de la grande pièce sans toutefois découvrir quoi que ce soit d'anormal. Il y a forcément quelqu'un. À moins que son imagination lui ait joué des tours. C'est à cette hypothèse qu'elle veut s'accrocher. Bien entendu, elle est consciente que plusieurs suspects pourraient vouloir l'épier de la sorte. Cette pensée la fait tressaillir et l'incite à accélérer sa démarche d'informer la police.

Au moment où Éloïse s'apprête à faire demi-tour, elle remarque, sous le grand escalier, la porte de la cave entrouverte. C'est assurément par celle-ci que l'ombre a pris la fuite. Ce n'était donc pas une illusion ! Son cœur bondit dans sa poitrine. Elle se sent soudainement perdue, seule au milieu de ce rez-de-chaussée immense. Elle a besoin d'aide ! Ses yeux glissent lentement jusqu'à l'escalier, espérant voir quelqu'un en descendre pour venir la délivrer de cette pesante solitude. Évidemment, ses espoirs s'évanouissent dans la pénombre du premier étage qu'elle entrevoit à peine. Rapidement, elle fait volte-face et retourne à la petite table où se trouve le téléphone. Fébrilement elle compose le numéro du poste de police et porte l'appareil à son oreille. Elle blêmit ! Aucune tonalité. La ligne est morte. On a sûrement coupé les fils pour l'empêcher de faire ce qu'elle aurait du faire depuis longtemps. Et son cellulaire qu'elle a laissé dans sa chambre. Elle a été vraiment sotte de ne pas contacter les autorités dès le premier appel du manique pour qu'ils interviennent dans cette affaire. Trop tard pour revenir en arrière. Elle se sent tout à coup abattue, dépourvue. Une seule solution ! Courir de toutes ses forces, gravir l'escalier et aller chercher du secours. Mais qui ? Raymond ? Son comportement de tout à l'heure lui a prouvé qu'elle ne peut absolument pas compter sur lui. Robert, Richard ? Ce sont peut-être eux les artisans de sa peur. Marie-Anne ? Oui ! Elle est la seule dans cette foutue maison qui pourrait lui venir en aide. À deux, elles pourront faire face à la situation.

Rassemblant le peu de courage qui lui reste, Éloïse s'élance à toute vitesse vers le hall d'entrée avec la ferme intention de se rendre au deuxième étage et de réveiller Marie-Anne afin qu'elle l'aide à quitter cette maison avec les enfants.

Juste au moment où elle pose le pied sur la première marche de l'escalier, une musique funèbre monte derrière elle. Une musique qui la terrorise, la pétrifie. Effrayée, elle tourne lentement la tête. Posé à même le plancher, dans un coin de la grande pièce, elle décèle la présence d'un objet lumineux. La musique provient de ce dernier. Un téléphone cellulaire ! Inlassablement il fait entendre sa marche funèbre. Éloïse est sur le point de paniquer. Pourtant elle se doit de réagir. Ce téléphone a été posé là pour elle. Pour lui livrer un message. Un message qu'elle n'est pas certaine de vouloir entendre.

Encore une menace !

Après une profonde respiration pour trouver le courage nécessaire, elle se dirige vers le petit appareil et s'en saisit. Fermant les yeux, elle appuie sur le bouton pour établir la communication.

Un long silence précède le balbutiement d'un « allô » tremblotant. La voix nasillarde ricane comme à son habitude.

— Que me voulez-vous ? Cessez de me tourmenter, je vous en prie !

Le mystérieux inconnu se contente de respirer bruyamment. Même que sa respiration est légèrement haletante.

— Ne faites rien à mes enfants, implore Éloïse en fondant en larmes.

« Trop tard. »

Ces mots se répercutent dans l'esprit d'Éloïse comme la détonation d'une bombe atomique. Ses yeux affolés se dirigent instantanément vers le haut du grand escalier. Ce n'est pas possible ! Ses enfants dorment au premier étage. Il ne peut être trop tard !

Non ! Ce fou ment ! D'ailleurs il y a quatre adultes là-haut. L'un d'eux l'aurait empêché de faire du mal à ses enfants.

À moins que …

Le rire machiavélique de l'homme transperce le tympan d'Éloïse, puis il répète son affirmation sur un ton qui dénote une grande satisfaction, voire même, une intense jouissance. La colère grandissante d'Éloïse efface littéralement sa peur et imprégnée d'une rage incontrôlable, elle lance violemment le cellulaire sur le plancher pour ensuite filer en trombe vers l'escalier.

Chapitre 17

Mauvais rêve

Trois heures dix. Un bruit à peine audible et des toussotements ténus provoquent le réveil de Robert. Il n'arrive pas à découvrir exactement la provenance de cette perturbation. Ce ne devait être qu'un autre de ces mauvais rêves dont il a l'habitude de faire.

Pourtant, les chuchotements se font entendre à nouveau, puis des pleurs, aussitôt étouffés par un silence inquiétant. Il demeure un long moment sans bouger, respirant à peine, l'oreille tendue, à écouter le moindre craquement qui pourrait se produire. Rien. Tout semble calme. Il ne lui reste plus qu'à se rendormir.

Maugréant sa mauvaise humeur, il referme les yeux en espérant que cette fois rien ne viendra troubler les quelques heures de sommeil dont il a absolument besoin.

Cependant, celui-ci ne vient pas. Comme s'il avait manqué le rendez-vous avec Morphée, il ne sent plus ce besoin, aussi pressant quelques minutes auparavant, de plonger dans ce sommeil réparateur. Un mauvais présage plane autour de lui, l'incitant à avoir tous les sens aux aguets.

N'y tenant plus, il se glisse hors du lit et prudemment entrouvre la porte de sa chambre pour jeter un œil à l'extérieur. Malgré que les lumières de veille soient de faible intensité, il constate que la porte de la chambre de Marie-Anne est fermée. Pourtant il ne l'a pas refermé après s'être délecté le regard du corps presque nu de la jolie rousse. C'est donc elle qui l'a tiré de son sommeil. Robert secoue la tête. Cette désagréable sensation qui s'est emparée de lui ne le quitte plus. Il doit en avoir le cœur net. Marie-Anne est peut-être la clé de ce malaise.

Flottant presque, pour éviter de révéler sa présence, il se rend à la chambre de sa complice. Le rayon de lune a disparu. La pièce est dans l'obscurité presque complète. Plissant les yeux au maximum, Robert tente de percer la noirceur de la pièce, sans toutefois y parvenir.

À deux reprises, il interpelle la dormeuse. Aucune réponse. Le pressentiment qu'un malheur soit arrivé à Marie-Anne effleure son esprit. Il est inconcevable que le son de sa voix ne déclenche aucune réaction de sa part. D'un mouvement brusque, Robert actionne le commutateur. Une seule des deux lampes de chevet s'allume, la seconde étant absente de son socle. Sur le lit, une forme allongée est entièrement recouverte d'un drap. Robert se sent défaillir. Aucun mouvement de respiration n'est perceptible. Lentement, il s'approche du lit, saisit le drap et le retire d'un geste incertain.

Son sang se glace aussitôt. Ses paupières se soulèvent d'un trait pour découvrir ses yeux bouleversés. Il ressent soudain de la détresse, de l'impuissance, du désarroi, face à cette apparition cauchemardesque. Pourtant la frayeur qui déforme ses traits n'a rien de comparable avec celle qui est restée figée sur le visage de Marie-Anne. Ses yeux globuleux se sont éteints juste au moment de quitter leurs orbites et leur brillance a totalement disparu. Ils sont ternes et sans vie. Au coin de sa bouche, à demi ouverte et aux lèvres gonflées, sa langue bleuie pend légèrement. Noué sauvagement autour de son cou, le fil d'alimentation de la deuxième lampe de chevet, reposant maintenant près de son corps, disparaît presque entièrement dans les replis de sa peau.

Robert est atterré. Qui a bien pu faire une chose pareille ? Raymond aurait-il découvert le complot qui se trame contre lui et sa folie l'aurait emporté sur sa raison, au point d'assassiner Marie-Anne ? Si c'est le cas, Richard et lui-même sont en danger.

Hésitant, Robert pose la main sur les yeux de la victime dans le but de les fermer respectueusement. Il sursaute tout à coup. La peau de la morte est tiède. Plus froide que tiède, en fait ! Il est consterné par une évidence aussi flagrante. Les toussotements et les pleurs entendus quelques minutes à peine avant la découverte du corps de Marie-Anne ne pouvaient, sans doute possible, provenir de cette dernière.

Délaissant brusquement l'infortunée, Robert fonce vers la salle de séjour et instinctivement, pose un regard effrayé sur la porte de la chambre à débarras. Sans attendre d'avantage, il l'ouvre toute grande et la traverse. Tout au bout de la pièce, une lumière intense jaillit par le contour de la porte normalement presque invisible.

Ça y est. Le moment est venu de chasser ces démons qui se sont infiltrés en lui le jour où on l'a jeté dans cet isoloir et dans lequel il a du survivre pendant des jours, sans manger et n'ayant que sa propre urine pour assouvir sa soif. Il ne peut plus y échapper. C'était écrit dans son futur qu'il aurait un jour à y retourner. Sa vision devait se réaliser. Ce jour est arrivé.

Se faufilant à travers le désordre, Robert se dirige à pas lents vers la lumière aveuglante. Du moins c'est la perception qu'il en a. Il plisse les yeux pour les protéger, tellement cette lumière est éblouissante.

Tout à coup, surgissant de derrière un immense meuble à demi effondré, une forme humaine fonce sur lui en le bousculant brutalement. Surpris par cette charge imprévue, Robert trébuche et atterrit dans un amoncellement de boîtes mal empilées qui viennent s'éventrer sur le plancher. Alors qu'il se remet sur pied, il voit son assaillant quitter la pièce avec une rapidité inouïe. Il s'élance à sa poursuite, mais il est aussitôt ramené à l'ordre par son subconscient qui le force à s'arrêter et à reprendre sa direction initiale. Celle de l'isoloir.

Envoûté par cette clarté qui l'attire, il ne peut s'empêcher de tendre la main vers la porte, sachant parfaitement bien ce qu'il trouvera derrière celle-ci.

Son cœur bat à tout rompre, sa poitrine se gonfle douloureusement, son corps est enfiévré et ses yeux n'arrivent plus à se fermer. Même à cligner.

Soudain, il ouvre la porte. La lumière qu'il croyait aveuglante est d'intensité normale et lui offre la scène la plus horrible qu'il lui ait été donné de voir, même d'imaginer. Se balançant au bout de câbles en nylon, fixés à des tiges de métal ancrées au plafond, il reconnaît les petits corps sans vie de Thomas et de Caroline.

Terrassé par cette vision macabre, Robert tombe sur les genoux et de sa gorge s'élève un grognement d'horreur qui se métamorphose peu à peu en une plainte accompagnée de sanglots.

Des innocents !

Pourquoi s'en prendre à des êtres aussi impuissants, aussi fragiles ? Seul un monstre peut arriver à faire une chose semblable. Raymond est un monstre !

Robert frappe rageusement le plancher de ses poings, se blâmant d'être responsable de ces trois morts. Celles-ci auraient pu être évitées s'il n'avait pas décidé de faire durer le plaisir et qu'il avait mis fin aux jours de Raymond sans attendre. Il le savait pourtant qu'un jour deux personnes seraient pendues dans cet isoloir. Sa vision des statuettes du Christ et de sa mère se balançant au bout d'une corde n'était rien d'autre qu'une prémonition. Une prémonition qu'il n'aurait pas dû prendre à la légère.

Maintenant il est trop tard. Deux innocents ont payé de leur vie, sa négligence. Par surcroît, c'est lui qui a convaincu Marie-

Anne de se joindre à lui pour anéantir son frère aîné. C'est décidé. Une fois sa mission terminée, il sera puni. Et il sera son propre bourreau.

Un cri terrible déchire tout à coup l'atmosphère macabre régnant autour de lui. Malgré son état d'instabilité psychique, il reconnaît la voix d'Éloïse. Ça semble provenir du premier étage. Il hésite un court moment avant de se remettre sur pieds, puis péniblement, il détache son regard des corps inanimés des jumeaux.

En passant près de la chambre de Marie-Anne, il jette un dernier coup d'oeil sur le cadavre de la jolie rousse, puis fonce vers l'escalier. En bas, le corridor est abondamment éclairé par une série de plafonniers. À l'autre bout, Éloïse est appuyée contre le mur et pleure toutes les larmes de son corps. Robert la rejoint.

— Mes enfants ! Où sont mes enfants ?

Robert a du mal à se contenir. Comme il aimerait la rassurer, mais il ne le peut pas. Il préfère feindre l'ignorance pour l'instant. D'ailleurs il est trop tard pour les sauver.

— Où sont Richard et Raymond ?
— Je t'ai posé une question ! Où sont mes enfants ?

Cette fois il ne peut y échapper. Il est normal qu'Éloïse soit bornée de la sorte et qu'elle veuille savoir ce qui est advenu de ses enfants. Elle a le droit de savoir.

Cependant, la vérité la frappe telle une balle de revolver en plein cœur et perdant complètement la tête, elle tente de contourner Robert qui lui bloque volontairement le passage.

— Tu n'y peux plus rien Éloïse !
— Laisses-moi passer ! Ôtes-toi de mon chemin !

De ses poings, elle martèle, avec une force impressionnante, la poitrine de Robert qui résiste néanmoins à sa fureur en la retenant avec fermeté par les épaules. Pendant de longues secondes, l'infortunée ne cesse de frapper et de frapper, tout en hurlant sa peine, sa colère, sa rage.

À bout de force, les coups perdent de leur vigueur et bientôt, la pauvre femme se laisse choir aux pieds du cerbère, levant vers lui un visage implorant.

— Je t'en prie, Robert. Je veux voir mes enfants...Nos enfants !

L'homme est stupéfait. Cette déclaration lancée avec un tel degré de sincérité dans la voix ne peut être qu'un simple incitatif pour lui libérer le passage. Totalement démuni, Robert reste bouche bée, n'arrivant plus à articuler le moindre mot. Dans sa tête, l'espace-temps s'est subitement mis à reculer, et à reculer. Tout d'abord très rapidement, puis à une vitesse vertigineuse, pour ensuite, après à peine quelques secondes, s'immobiliser sur un coucher de soleil au Parc des Mésanges. Le choc est violent ! La constatation l'est encore plus. Dix ans se sont déroulés dans sa tête. Les jumeaux en ont neuf. Sans être une certitude, la possibilité est tout de même plausible.

Robert secoue la tête pour faire disparaître la cruelle scène d'amour qui s'y déroule pour la millième fois.

— Tu mens ! Lance-t-il, se refusant d'y croire.
— Je te dis la vérité ! Ce sont Nos enfants ! Il n'y a aucun doute là-dessus. Où sont-ils, je veux les voir !

Littéralement ébranlé, Robert ferme les yeux un court moment. Cependant assez long pour permettre à Éloïse de se libérer et de se propulser vers l'avant. Il tente de la rattraper par le pan de sa chemise de nuit, mais le matériel soyeux lui glisse entre les doigts. Sa grande détermination lui donne des ailes et Robert sait d'ores et déjà qu'il ne parviendra pas à la rejoindre à temps. À temps pour lui éviter de se retrouver en face d'une scène des plus horrifiantes.

Avant même que Robert n'ait atteint le haut de l'escalier menant au deuxième, il entend les cris et les hurlements d'Éloïse.

Chapitre 18

L'inconnu

Trois heures vingt. Une course dans le passage fait sursauter Richard. D'un seul bond il est sur pieds et dans un même élan, sort de sa chambre. Au même moment, un cri terrible se répercute sur les murs du long corridor. À sa droite il voit Éloïse, à demi couchée par terre, le visage tournée en direction de l'escalier menant au rez-de-chaussée.

— Que se passe-t-il ? Demande Richard en s'empressant d'aider son hôtesse à se relever.
— Quelqu'un a foncé sur moi ! Répond-elle d'une voix troublée par une frayeur extrême.
— Qui ?
— Je ne sais pas. Je n'ai pas eu le temps de le détailler.

Éloïse pose tout à coup les yeux sur la porte en face d'elle. La chambre de Thomas. Anxieuse, elle ouvre la porte. La chambre est vide. L'horreur se peint instantanément sur les traits de son visage. Richard ouvre la porte de la chambre de Caroline. Vide également. Cette fois c'est la consternation la plus totale.

Désorientée par cette affreuse constatation, Éloïse recule lentement jusqu'à ce que son dos heurte le mur derrière elle.

— C'est Raymond, dit-elle dans un souffle. J'en suis certaine.

Sans attendre d'avantage, Richard s'élance vers l'escalier avec la ferme intention de rejoindre le fuyard. Tout à coup Raymond sort en trombe de sa chambre. Hébétée, Éloïse le dévisage comme s'il s'agissait de l'apparition d'un revenant. Ce n'est donc pas lui qui l'a si brutalement renversée dans sa course. Qui alors ? Raymond jette un œil aux chambres des enfants. Le constat le paralyse. Il tourne un regard interrogateur vers son épouse qui finit par lui indiquer la direction par laquelle le kidnappeur a pris la fuite.

Jugeant qu'il n'obtiendrait aucun détail supplémentaire de la part d'Éloïse, Raymond file aussitôt à la poursuite du malfaiteur.

La porte principale est verrouillée. Donc il n'est sûrement pas passé par là pour quitter la maison. La porte arrière. Verrouillée également. Il n'y a aucun doute, l'intrus est encore dans la maison. Raymond inspecte toutes les pièces sans pourtant découvrir qui que ce soit. Il ne peut pas s'être évaporé. Ce n'est quand même pas un fantôme qui a enlevé ses enfants !

— La cave !

Il s'en veut de ne pas avoir remarqué plus vite que la porte de celle-ci est entrouverte. Tout ce temps perdu à chercher inutilement. De toute la vitesse dont il est capable, Raymond dévale l'escalier étroit pour se retrouver dans un endroit sombre et humide. C'est la première fois qu'il y met les pieds. Il aurait dû inspecter cette maudite cave depuis longtemps pour en connaître les recoins. Il y a tellement de désordre là-dedans !

Un fracas infernal le fait sursauter. Ça provient de l'autre bout de la cave. Les nombreuses étagères se dressant un peu partout l'empêchent de discerner quoi que ce soit. Frustré, il renverse celle se trouvant à proximité.

— Au secours !

Raymond croit reconnaître ce timbre de voix comme étant celui de son frère cadet. Mais que fait-il à la cave à une heure pareille ? Serait-ce lui le fuyard qu'il tente de rattraper ?

— Richard !

Comme réponse, des étagères qui s'abattent sur le sol, des claquements sourds, du verre qui se brise. Une bagarre se déroule quelque part dans cet endroit trop sombre pour que Raymond soit en mesure de courir. Néanmoins, présumant que c'est bel et bien Richard qui est assailli de la sorte, il doit se lancer à sa rescousse sans tarder.

Tout à coup, un cri étouffé, un gémissement, puis plus rien. Raymond s'immobilise et tend l'oreille. Le silence est aussi inquiétant que les bruits de combats d'il y a quelques secondes.

Croyant déceler, vers sa droite, la respiration haletante de l'un des pugilistes, Raymond s'élance dans cette direction. Un incroyable fouillis règne à trois mètres devant lui. Empêtré dans un amas de boîtes et à demi recouvert par une étagère renversée, le corps d'un homme gît. Hésitant, Raymond s'approche lentement, libérant son passage des nombreuses boîtes jonchant le sol.

L'homme ne bouge pas. Malgré l'éclairage défaillant, Raymond reconnaît le profil de son frère. Visiblement il est arrivé trop tard. S'agenouillant près de lui, Raymond le saisit par l'épaule afin de le retourner de façon à voir entièrement son visage.

Il a un mouvement de recul, non pas de peur, mais de dégoût. Dans l'œil droit de Richard est fiché un tournevis. Seul le manche de l'outil est apparent.

La mort a été rapide. Malgré l'horreur de la scène, Raymond n'éprouve aucune peine, aucune compassion pour son cadet.

Sans se préoccuper d'avantage du corps du malheureux, il lève les yeux afin de scruter les alentours. L'assassin ne peut être très loin. D'une seconde à l'autre il peut surgir de nulle part et lui faire subir le même sort. Cette pensée provoque sur sa peau une sudation abondante et froide. Il est envahi de frissons. Il doit se préparer à essuyer une attaque du meurtrier.

Au moment où il se redresse afin de mieux se positionner à résister, un rire satanique s'élève. Un rire grotesque et nasillard. Aussitôt, Raymond fait le lien entre ce rire et la voix du maniaque au téléphone.

Brusquement, non loin de Raymond, une ombre se déplace entre les étagères. Cette fois c'est à son tour. Il ne peut y échapper, Très bientôt, l'inconnu entrera dans la lumière et enfin il pourra mettre un visage sur celui qui s'acharne sur sa famille.

Pourtant ses espoirs s'effondrent. Un objet, peut-être un outils, vole dans les airs et vient fracasser l'ampoule électrique qui aurait pu révéler les traits de l'odieux personnage. L'éclatement du verre fait sursauter Raymond. Le rire s'amplifie, rendant la scène encore plus effrayante. Il résonne à travers tout le corps de Raymond, faisant vibrer l'ensemble de ses viscères. Dans un réflexe, il fouille du regard le sol et les étagères autour de lui. Il doit bien y avoir un objet quelconque qui pourrait lui servir d'arme de défense !

Sur la tablette du bas d'une des étagères, il reconnaît une partie d'un bâton de base-ball dépassant d'une boîte. Son visage s'illumine. D'un bond il s'en saisit pour aussitôt le brandir à la hauteur de ses épaules.

— Tu peux venir maintenant mon petit salaud ! Crie-t-il à l'endroit de l'inconnu. Allons, approche un peu.
— Pas maintenant Raymond, répond la voix nasillarde. Ce n'est pas à ton tour. Mais crois-moi, ça viendra !
— Au tour de qui ?

Encore une fois, le rire de l'homme vient irriter la patience de Raymond qui, exaspéré par ce jeu du chat et de la souris, bondit vers l'ombre à peine visible du meurtrier. Ce dernier disparaît instantanément avant même que Raymond ne fasse trois pas. Un grincement attire son attention. Un bruit de charnières mal huilées.

Un soupirail !

Son arme de fortune prête à frapper, Raymond se dirige vers le mur à sa droite. Il a vu juste. Le ballottement du soupirail lui indique que l'intrus a filé à l'extérieur. Il ne peut pas le laisser s'échapper de la sorte. Il doit le rattraper et le mettre hors d'état de nuire. Le risque est grand, car cet homme n'a aucun scrupule. Il l'a prouvé en assassinant Richard. Néanmoins, Raymond sourit à cette pensée, la folie de ce monstre n'a d'égal que la sienne. S'il commet l'erreur de se trouver devant lui, il n'hésitera pas à lui défoncer le crâne à coup de bâton. Même que, dans un certain sens, ce serait jouissif.

Raymond se retrouve derrière un buisson, tous les sens aux aguets. Un bruissement détourne son regard vers le petit sentier menant au pavillon. Le fuyard s'y dirige, espérant sans doute y trouver refuge. Raymond quitte son abri et se lance à la poursuite de l'inconnu. La lune, qui a maintenant décliné au point d'être camouflée par le faîte des arbres, n'arrive plus à éclairer convenablement le domaine et Raymond doit ralentir son allure. Le meurtrier l'attend peut-être au détour d'un bosquet et il serait très imprudent de sa part de continuer ainsi à courir à l'aveuglette.

L'inévitable se produit. Au moment où Raymond contourne une agglomération d'arbrisseaux aux fleurs décoratives L'assassin surgit de l'obscurité pour, d'une formidable poussée, le terrasser brutalement. Le choc est terrible. Sa tête heurte le sol lourdement et une effroyable douleur lui traverse l'épaule. Afin d'amoindrir sa chute, mais sans grand succès, Raymond a du lâcher prise sur le bâton de base-ball et celui-ci roule à deux mètres de lui.

Le visage déformé par la douleur et, malgré le sang s'écoulant de son arcade sourcilière, Raymond tend le bras pour tenter de rejoindre son arme. Ses doigts se referment sur celle-ci au moment même où le pied de son agresseur s'y dépose. Se rendant compte qu'il a été battu de vitesse par ce dernier, il lève un regard dénotant de la stupéfaction, de la peur. Ses yeux n'arrivent pas à détailler clairement son assaillant dont le rire nasillard et grotesque vient lui tourmenter l'esprit. Qui est-il ? Il veut le savoir !

Avant que Raymond n'ait le temps de poser la moindre question, il ressent une violente douleur à l'abdomen, provoquée par la pointe du pied de l'inconnu. Puis celui-ci, profitant des soubresauts de sa victime, ramasse le bâton de base-ball et le soulève au-dessus de sa tête. Raymond est désemparé. De ses yeux exorbités, il voit l'arme s'abattre dans sa direction. Un bruit sourd. Une douleur atroce. Puis le noir. Le noir total.

Chapitre 19

L'enlèvement

L e cœur et l'âme déchirés par l'insoutenable vision des corps suspendus de ses enfants, Éloïse s'écroule sur le plancher, hurlant son désespoir. Agenouillé à ses côtés, Robert tente de la serrer contre lui, mais la femme le repousse avec une force inouïe. Le temps de la consolation n'est pas encore arrivé, il faut que la rage s'extériorise préalablement. Robert en est conscient et n'insiste pas.

Pendant de longues minutes, les cris, les pleurs, les hurlements, provoqués par la crise de nerfs, se superposent les uns aux autres. Le délire d'Éloïse est sans pitié. Il arrache de sa gorge les pires invectives et menaces à l'endroit de toutes les personnes de son entourage. Y compris Robert. Cela le perturbe profondément, d'autant plus qu'il a le réel sentiment d'avoir eu le pouvoir d'éviter cette tragédie et qu'il ne s'en est même pas préoccupé. Pas suffisamment, en tous cas.

Nos enfants ! Ces deux simples mots tournoient inlassablement dans sa tête, rebondissant sur les parois de son cerveau, créant une lésion évidente dans son esprit alors que le film de sa vie se déroule à rebours, puis recommence à partir du Parc des Mésanges en supprimant la supercherie de Raymond, la rupture, la dépression. Il se voit parcourir le monde entier en compagnie de sa famille, visiter les plus beaux pays de la terre, pique-niquer à Gizeh au pied de la pyramide de Kheops sous l'œil attentif du Sphinx, ou aux abords de l'Euphrate au milieu des ruines de Babylone, ou encore dans les forêts australiennes à la recherche de fossiles de plus de quarante mille ans.

Des larmes surgissent soudainement de ses yeux. C'est la première fois qu'il atteint un tel degré de tristesse depuis qu'il a surmonté sa dépression, il y a de ça environ neuf ans. La vision de Raymond, comme l'instigateur de sa vie manquée, provoque chez lui un état de frustration et de rage comme jamais il n'en a ressenti les effets. Cependant, la condition lamentable dans laquelle se retrouve son Éloïse radoucit légèrement sa haine et, enclin à plus de compassion, il l'enveloppe de ses bras et l'étreint. La rancune est un vice que seul le pardon peut effacer.

Durant de longues minutes, il berce son tendre amour alors que celle-ci, totalement épuisée, n'arrive plus qu'à verser des larmes paisibles. Malgré la douleur qui, également, le transperce, Robert pense que le moment est venu de quitter cet endroit maudit et espère qu'Éloïse sera disposée à l'accompagner.

— Viens. Partons d'ici. On doit avertir la police. Celui qui a fait ça doit payer !

Les yeux bouffies et rougis par la peine atroce qui l'accable, Éloïse plonge son regard dans celui de son compagnon, puis secoue la tête négativement. Il est trop tôt pour partir. Elle veut passer le reste de sa vie avec ses enfants. Ces deux êtres les plus merveilleux de l'univers. Elle ne peut se résoudre à les quitter. C'est même inconcevable !

— Nous nous faisons du mal à rester là. Et pendant ce temps, le meurtrier court toujours. Allons viens. Il faut nous occuper de lui. Faisons le pour nos enfants.

Même en douceur, Robert réussi à forcer Éloïse à se remettre sur pieds et avant qu'elle ne puisse protester, il referme la porte de l'isoloir pour cacher à son regard la macabre vision qui néanmoins restera à jamais gravée dans leur mémoire.

Lentement, le couple recule jusqu'à atteindre la porte de sortie de la chambre à débarras. La vue du corps bleu de Marie-Anne n'arrive même pas à émouvoir Éloïse dont les pensées sont en totalité axées sur Thomas et Caroline.

À plusieurs occasions, en descendant l'escalier, Robert doit soutenir sa compagne épuisée au point où ses jambes ont peine à la supporter. Dans le long corridor, Éloïse marche comme un automate en perte d'autonomie, devant s'immobiliser sporadiquement pour reprendre des forces.

Rendu à la hauteur de la chambre de ses hôtes, Robert s'arrête et incite Éloïse à l'attendre. Il entre dans la chambre, cherche un moment, puis trouve enfin le cellulaire de Raymond, posé sur le plancher près du lit. Aucune tonalité. La pile est sûrement morte. Même chose pour celui d'Éloïse.

Il décroche alors le combiné téléphonique. Aucune tonalité. Il comprend aussitôt que les fils ont été coupés. Plus moyen de communiquer avec l'extérieur. Déçu, il revient vers Éloïse et l'entraîne en direction de l'escalier menant au rez-de-chaussée.

— Où est Raymond ?

Surprise par une question aussi terre à terre, Éloïse l'ignore. Robert insiste.

— Je m'en fous complètement où il peut être !
— Pas moi. J'ai besoin de savoir.
— À la poursuite du...

Elle fond en larmes encore une fois. La seule pensée du mot « meurtrier » la fait frémir et déclenche en elle une rage dévastatrice malgré qu'elle se sente vide de toute énergie.

— C'est Richard ?

Éloïse lève vers Robert des yeux surpris, stupéfaits, interrogateurs.

— Non ! Lui aussi est à sa poursuite.

Cette fois Robert n'y comprend rien. Si ce n'est pas Raymond, et si ce n'est pas Richard, alors de qui s'agit-il ? Serait-ce le fruit du hasard, d'une coïncidence ! Lui et Richard voulaient s'en prendre à leur aîné au même moment où un maniaque avait flairé la bonne affaire et espérait réellement obtenir une rançon ? Non. Ça ne peut être le cas. Ce mystérieux personnage aurait usé de plus de patience pour atteindre son but de s'enrichir.

Au rez-de-chaussée, Robert trouve un cellulaire traînant sur le plancher. Il est en mauvais état et bien entendu, il est non fonctionnel. Il l'examine quelques secondes et se rend compte que c'est le sien. Que fait-il là alors qu'il est sensé être dans le coffre à gants de sa voiture ? C'est à n'y rien comprendre. L'appareil vole en éclat dans un coin de la pièce. Robert est en furie devant son incapacité à contacter les policiers. Une seule solution. Se rendre au poste le plus près et faire une déposition sur ce qui vient de se passer au domaine. Une fois que le meurtrier sera dans la mire des policiers, il trouvera bien le moyen de l'atteindre et de l'éliminer lui-même.

Au fond du hall, dans un petit garde robes, il extrait un imperméable beige qu'il dépose sur les épaules d'Éloïse pour lui éviter de déambuler à l'extérieur en robe de nuit. Non pas qu'en cette saison l'air soit trop froid, mais Robert croit que, même dans les pires situations, la décence est de mise. Cela doit être l'un des derniers vestiges de l'éducation religieuse qu'il a reçue ces dernières années.

Toujours en soutenant Éloïse qui se laisse diriger comme un enfant insouciant, Robert déverrouille la porte d'entrée, puis après une légère pause, histoire de se convaincre qu'il prend la bonne décision, il l'entraîne au dehors.

Tout à coup, au moment où il tourne la tête pour vérifier que tout va bien du côté d'Éloïse alors qu'ils sont sur le point de poser le pied sur la première marche de l'escalier du perron, le sifflement d'un objet arrivant à grande vitesse se fait entendre. Robert ne peut réagir à temps et un bâton de base-ball l'atteint à la nuque. Il s'écroule brutalement. De ses yeux embrouillés par l'onde de choc, il voit une silhouette floue surgir de derrière l'une des colonnes soutenants le porche et s'emparer d'Éloïse qui malheureusement n'offre que peu de résistance à laquelle un solide coup de poing vient mettre un terme définitif.

L'homme jette quelque chose près de Robert, puis file vers le stationnement, emportant avec lui sur son épaule, le corps inanimé d'Éloïse. Malgré la noirceur qui tente de s'installer dans la tête endolorie de Robert, ce dernier reconnaît l'auto bleu foncé du jardinier se trouvant à proximité de la sienne. Le ravisseur dépose Éloïse sur le siège arrière puis prend place à l'avant. Le noir absolu s'abat brusquement sur Robert, offrant à son subconscient toute la latitude pour errer parmi les cauchemars les plus horribles.

Chapitre 20

Le jardinier

L'âme de Robert a déambulé dans les labyrinthes de son inconscience pendant près d'une heure avant qu'un violent tremblement de terre ne vienne le secouer et le ramener à la vie. L'éclat éblouissant d'un rayon de soleil naissant lui transperce douloureusement la rétine et d'un geste dépourvu de coordination, il tente de se protéger de la lumière.

Tout à coup, il sent des mains se poser sur lui. Dans un réflexe défensif, son poing se ferme et s'élance vers la silhouette se dessinant dans l'intense clarté qui l'aveugle. Il est stoppé brusquement. Ses membres sont soudainement paralysés par les bras de son agresseur et malgré ses efforts, néanmoins sans grande vitalité, il ne peut se défaire de l'emprise.

— Reste tranquille Robert ! C'est moi, Raymond.
— Raymond ?
— Oui. C'est moi. Calme-toi. Tout va bien.

Tout va bien ! Il ose dire que tout va bien alors que, juste avant de sombrer dans l'inconscience, il a vu Éloïse se faire frapper et kidnapper par un inconnu. Le jardinier !

— Le jardinier. C'est le jardinier.
— Qu'est-ce que tu racontes ?
— C'est lui l'assassin. Je le sais. C'est lui.

Quelque peu surpris par cette déclaration, Raymond a un léger mouvement de recul, puis se ressaisissant, il aide Robert à se remettre debout. Il songe que c'est quand même un peu louche que Robert ait déjà découvert le corps de Richard à la cave. Bien sûr que lui-même a été inconscient durant une assez longue période et que pendant ce temps Robert a été en mesure de faire la découverte du cadavre. Pourtant un doute subsiste dans son esprit.

— Il a assassiné qui, le jardinier ?

Cette fois Robert ne sait trop quoi répondre. Même si Raymond n'est pas le père biologique des jumeaux, il n'en reste pas moins que c'est lui qui a vécu auprès d'eux depuis leur naissance. La décence veut qu'il y aille en douceur avec l'annonce de leur mort. Cependant, Raymond est un monstre. Il l'a privé des joies de la paternité en lui subtilisant par un moyen déloyal la femme qu'il aimait, la mère de ses enfants. Il ne mérite aucune sympathie et encore moins de délicatesse.

— Mes enfants !

Les yeux de Raymond s'agrandissent subitement. En un seul mot, Robert lui lance crûment deux affirmations en pleine face. Que ses enfants ont été assassinés et qu'il sait que ce ne sont pas vraiment ses enfants. Raymond est pétrifié. Son souffle à peine perceptible au début, se change peu à peu en halètement, comme s'il allait être victime d'une crise cardiaque.

Remis presque complètement du violent choc sur la tête, Robert pose son regard dans celui de son frère. Ce dernier peut y lire de la haine. Une haine amplement justifié et mérité, en fait. Il en est conscient. Raymond recule de quelques pas et se retourne vers le soleil levant. L'espace d'un instant, il est tenté de jouer le grand jeu de la frustration et de nier en bloc cette histoire de fausse paternité. Seule une analyse d'ADN pourrait corroborer les affirmations de Robert et il n'a peut-être pas les moyens de payer une telle analyse.

Maintenant que les enfants sont morts, selon Robert en tous cas, ça ne vaut plus la peine de se battre pour en réclamer la paternité.

— Nous ne voulions pas te le dire, finit-il par avouer. Nous croyions que c'était mieux comme ça. Que les enfants grandiraient dans un environnement plus sain de cette façon.

— Tu me répugnes Raymond !

— Tu as le droit de penser ce que tu veux de moi, mais nous pensions bien faire. C'est tout.

Robert serre les poings. L'heure de la vengeance a sonné. Raymond doit dès maintenant répondre de ses actes du passé. Sa sombre vie a été tissée de mensonges, de manipulations, de mesquineries. Elle doit se terminer maintenant.

Au moment où Robert esquisse un pas vers Raymond avec la ferme intention d'en finir une fois pour toute, il aperçoit sur le sol, un bout de papier. Un souvenir remonte aussitôt dans sa tête. Il revoit son agresseur qui lance quelque chose dans sa direction alors qu'il est sur le point de perdre connaissance. Il se penche et ramasse le bout de papier.

Une note. « Je vous attends tous les deux, seuls, au Paradis. Je crois que tu sais où est le Paradis. Si tu préviens la police, la petite dame sera aussitôt exécutée ».

— Qu'est-ce que c'est, demande Raymond ?

— Le jardinier ou le fossoyeur, comme tu veux. Il nous invite au paradis.

— Quoi ! Au paradis ! Il est dingue ce gars-là. Le fossoyeur ! Pourquoi tu l'appelles ainsi ?

Refoulant au fond de lui ses intentions de vengeance envers Raymond, jugeant plus sage de sauver Éloïse auparavant, Robert raconte à ce dernier ce qu'il sait concernant l'homme qu'il a engagé comme jardinier.

— Et au paradis, on y va comment ?

Robert le sait très bien comment y aller. Ils y seront dans à peine cinq minutes.

— Tu as une arme ?
— Tu sais très bien que j'ai horreur des armes. Mais nous sommes deux et il est seul. Enfin je le crois. Nous allons très vite lui régler son compte.
— Où est Richard ? Nous aurons besoin de lui.

Raymond baisse la tête. Robert était proche de Richard et l'annonce de sa mort va sûrement lui faire un mal fou. Vaut mieux y aller tout en douceur. Raymond se ravise. Robert ne l'a pas épargné en lui annonçant de façon aussi brutale la mort de ses enfants, alors pourquoi devrait-il mettre des gants blancs.

— Il est à la cave. Un tournevis fiché dans le crâne.
— Quoi ! Ce n'est pas vrai !
— C'est la pure vérité. Tu peux aller constater par toi même si tu veux. Le jardinier l'a assassiné. Enfin, je présume que c'est lui. Je l'ai poursuivi jusqu'à proximité du pavillon et puis il m'a assommé. Je me demande d'ailleurs pourquoi il ne m'a pas tué comme il l'a si froidement fait pour Richard.

Robert est visiblement atterré par cette déclaration de son aîné et il s'en veut d'être encore une fois responsable de ce meurtre. C'est lui qui a entraîné Richard dans cette aventure. Tout comme Marie-Anne d'ailleurs. Quelle folie d'avoir causé la mort de ces deux personnes au nom de la vengeance. Cela en valait-il vraiment la peine ? Certes pas !

Pourtant il est trop tard. Il ne peut revenir en arrière. S'il en avait la possibilité, il remonterait le temps et au lieu de s'acharner à vouloir se venger de Raymond, il mettrait en pratique les conseils du curé Trottier. C'est-à-dire, il pardonnerait.

— Et le paradis, c'est où ?

Chapitre 21

L'aveu

Malgré qu'il soit tôt le matin, il y a une quantité incroyable de véhicules qui filent à toute allure sur l'autoroute. Les mastodontes qui y circulent, n'hésitent pas à klaxonner pour que les lambins leurs libèrent le passage. La présence policière est presque inexistante à cette heure, ce qui permet aux conducteurs de s'en donner à cœur joie. Néanmoins, l'une des rares autos patrouilles se retrouve juste derrière Robert qui, accroché à son volant, ne quitte pas la route des yeux. Pas question d'être pris en faute. Le temps est trop précieux pour le perdre à attendre qu'un policier rédige le constat d'une quelconque infraction.

— Il en a après nous, tu crois, demande Raymond ?
— Je ne vois aucune raison. Il veut tout simplement se mêler à la circulation pour être en mesure de se lancer à la poursuite d'un éventuel fauteur. Mais j'espère qu'il va nous lâcher bientôt. Le Paradis n'est plus très loin.
— S'il ne le fait pas ?

Robert ne répond pas. D'ailleurs il n'a pas la réponse. Ils devront sans doute continuer leur route et faire un énorme détour pour revenir au point de rendez-vous. Des minutes cruciales seraient à ce moment-là perdues. Le jardinier n'a pas spécifié d'heure précise, mais le plus tôt sera le mieux. C'est un maniaque dangereux et Dieu seul sait ce qu'il peut faire s'il perd patience.

Par son rétroviseur, Robert surveille régulièrement la voiture banalisée des policiers qui s'accroche toujours à sa Toyota. Au loin, un panonceau défraîchi par les intempéries indique qu'une sortie pour le Paradis est à moins d'un kilomètre. Les deux hommes ne peuvent, surtout à bonne distance du panonceau, lire l'inscription dont la peinture est à demi effacée, mais Robert sait ce qu'il y a d'écrit. Il doit absolument se débarrasser de l'auto patrouille. Il lève légèrement le pied de l'accélérateur sans cependant ralentir au point de se retrouver sous la limite minimale. Peut-être que le policier en aura marre de rouler à si basse vitesse et décidera de changer de voie.

La stratégie fonctionne. L'auto patrouille n'est plus derrière. Robert délaisse le rétroviseur et tourne la tête vers la gauche. Elle est là. À sa hauteur. Une policière aux cheveux bruns attachés en chignon le regarde d'un œil suspicieux alors que le conducteur garde les yeux droit devant lui. Un bref coup de klaxon lui fait tourner la tête. De son indexe, la policière invite Robert à s'arrêter sur l'accotement.

— Merde ! Il ne manquait plus que ça !

Il ne peut se permettre de désobéir. D'un geste de la tête il signifie son intention d'obtempérer et aussitôt, il actionne le clignotant. Lentement, la Toyota perd de la vitesse et quitte sa voie. La voiture des policiers l'imite de façon à être légèrement en retrait. Si ça se trouve, les deux véhicules s'immobiliseront à la hauteur du panonceau de la sortie.

Tout à coup, les gyrophares de l'auto patrouille entrent en fonction et le signal strident de la sirène se fait entendre. Robert et Raymond tournent la tête. L'auto patrouille s'élance à vive allure sur l'autoroute. Sur la voie de droite, une petite voiture sport, occupée par quatre jeunes gens, dépasse largement la limite de vitesse. Comme pour narguer les policiers, elle zigzague dangereusement entre les mastodontes et les autres véhicules. L'effet recherché est obtenu, car l'auto patrouille engage la poursuite. Robert respire.

Raymond sourit. Ces inconscients ne le savent pas, mais ils viennent de leur épargner un temps fou.

Toujours en roulant sur l'accotement, Robert dépasse le panonceau et repère la sortie mal entretenue accédant au « Motel du Paradis «. Ils sont enfin rendus à destination.

— Qu'est-ce que nous faisons ici, demande Raymond en tournant un regard surpris vers son frère ?
— Nous sommes au paradis.
— Comment sais-tu que c'est ici ?
— Cesse de poser des questions et regarde un peu autour de toi, lance Robert, exaspéré.

Sur le toit du bureau de la réception, apparaît une grande pancarte à demi effondrée, indiquant le nom de l'endroit, « Motel du Paradis «. Raymond fait la moue tout en dodelinant la tête. Sa question était de toute évidence superflue. L'indication est très claire.

La Toyota longe la petite allée menant aux unités de motel les plus éloignés. Un peu en retrait, à peine dissimulée sous le feuillage des arbres, l'auto bleu foncé du jardinier est stationnée. Robert sait très bien dans lequel de ces unités se trouvent Éloïse et son ravisseur. Le trente-trois. Il ne s'agit pas d'un hasard. Cette unité devait lui servir le jour où, à l'insu de Richard et Marie-Anne, il déciderait d'en finir définitivement avec Raymond. C'est pour cette raison qu'il était venu le rendre plus accessible.

Le véhicule s'immobilise à une vingtaine de mètres du trente-trois. Robert ouvre le coffre à gant et cherche sous les quelques papiers s'y trouvant, la clé de l'unité. Elle n'y est pas.

— Le salaud !
— Qu'y a-t-il ? Que cherches-tu ?
— Tu peux te les mettre où je pense tes maudites questions !
— Bon d'accord ! D'accord ! Je ne dis plus rien.
— Sortons. Ne faisons pas attendre notre hôte.

Les deux hommes quittent la petite voiture. Robert en tête, ils se dirigent vers l'unité numéro trente-trois. Pendant une fraction de seconde, Raymond est tenté de questionner encore une fois son cadet. Comment se fait-il que Robert sache exactement dans laquelle des unités se trouvent sa femme et le meurtrier ? Il n'ose cependant pas la formuler et la refoule, du moins pour l'instant, au fond de lui, tout en se jurant d'obliger Robert à lui fournir des explications le moment venu.

Ils s'arrêtent à trois mètres de la porte. Robert tente de plonger son regard à travers la fenêtre, mais les rideaux, malgré qu'ils soient en mauvais état, sont tirés et il ne peut rien discerner de cet endroit. D'un geste de la main, il invite Raymond à le suivre et à pas lents, ils se rendent à la porte. Cette dernière est mal fermée. Il ne s'agit sûrement pas d'une négligence de la part du jardinier, cela fait partie de son plan.

Avec précaution, Robert pousse la porte lentement et celle-ci s'ouvre en grinçant terriblement. Une forte odeur d'essence agresse aussitôt les narines des deux hommes. L'intention de l'assassin devient tout à coup évidente pour Robert. Il a l'intention de les faire griller aussitôt qu'ils seront entrés dans la pièce. Ce gars-là est un débile. Et si ça se trouve, Éloïse n'est même pas là. Elle est peut-être déjà morte. Cette pensée jette un voile de tristesse dans l'esprit de Robert. Il est maintenant persuadé qu'Éloïse a été manipulée par Raymond et qu'elle n'a jamais su que c'est lui qui a orchestré leur séparation. Il refuse de croire qu'elle soit morte avant de connaître la vérité sur leur séparation. Et puis, il ne survivrait pas s'il devait la perdre de nouveau.

Les deux hommes hésitent sur le pas de la porte. Le silence régnant à l'intérieur est inquiétant et de mauvais augure.

— C'est de la folie de vouloir entrer là-dedans !

Robert lance un regard rempli de reproches à Raymond qui vient de reculer d'un pas et est sur le point de tourner les talons. La bravoure ne fait incontestablement pas partie de son quotidien.

D'une main ferme, Robert l'attrape par le bras et le tire vers lui pour l'obliger à le suivre. Raymond résiste. Pas question pour lui d'être pris au piège.

— C'est ta femme qui est là-dedans ! Elle est en danger. Tu comprends ça ?
— Tu crois réellement qu'elle est encore vivante ! Tu es vraiment idiot de penser ça.

Choqué par les propos de son frère, Robert le saisit brusquement par l'encolure et de sa chemise puis, possédé par une rage subite, se met à serrer. Raymond arrive à peine à respirer. Ses efforts pour faire lâcher prise restent vains.

— Tu vas rentrer avec moi ou je te tue moi même ! Tu m'entends !
— Que c'est touchant de voir ça !

Les deux hommes se retournent vivement vers la droite, d'où provient cette voix. Un homme est là qui les regarde, revolver au poing, avec un immense sourire sur les lèvres. Le jardinier ! C'est lui l'assassin. Les mains de Robert retombent le long de son corps alors que celles de Raymond massent sa gorge endolorie.

— Qui es-tu ? Pourquoi tu nous veux tant de mal, questionne ce dernier d'une voix qui a peine à reprendre son souffle ?
— Ta gueule ! Tu auras toutes les réponses très bientôt. Mais pour l'instant, tu fais ce que je te dis et tu te la fermes !

Raymond n'insiste pas. La vue de l'arme à feu l'effraie. Les yeux de Racine renferment une telle cruauté que les deux hommes n'osent le contrarier de peur qu'il passe immédiatement aux actes. Le mieux pour l'instant est de gagner un peu de temps et peut-être qu'à un moment donné, ils auront la chance de se ruer sur lui et de le maîtriser.

— Entrez. Et surtout pas de geste brusque, sinon je vous abats comme des chiens.

Denis Racine ne plaisante pas. Cela ne lui demanderait aucun effort de leur tirer une balle dans le dos. Vaut mieux obéir sans résister. Robert fait volte-face et pénètre dans l'unité de motel. Raymond le suit sans protester. Ils s'arrêtent tous deux près d'un grand lit sur lequel gisent des bouts de cordes.

— Toi le défroqué ! Attache-moi ce salaud !
— Je ne suis pas défroqué.
— Ta gueule et fais ce que je te dis !

Robert n'a pas le choix. Il se saisit d'un bout de corde et invite Raymond à passer les mains derrière son dos pour aussitôt lui nouer les poignets. Racine a commis une erreur. Il devra immanquablement s'approcher de Robert pour l'attacher et c'est à ce moment que ce dernier en profitera pour tenter de le désarmer. Cependant, il doit être très prudent. L'odeur d'essence est tellement forte qu'un coup de feu risquerait de déclencher un incendie. Racine s'approche. Même le dos tourné, Robert le sens tout près de lui et comme pour jouer le jeu du prisonnier obéissant, il fait glisser ses mains derrière afin de faire croire à leur bourreau qu'il est tout disposé à se laisser attacher. Au moment où Racine le touchera, ce sera le signal de passer à l'attaque.

Malheureusement pour Robert, les choses ne se passent pas comme il l'avait prévu. Un bruit sourd résonne tout à coup dans sa tête. Une terrible douleur à la nuque lui arrache un cri. Les murs de la pièce, le plafond et le plancher se mettent brusquement à tourner. Par la fenêtre, le soleil s'éteint lentement et bientôt c'est la nuit. Robert s'écroule lourdement sur le plancher, aux pieds de Raymond. Ce dernier est désemparé, horrifié.

Le rire sarcastique de Racine transperce l'air de la pièce et martèle cruellement les tympans de Raymond dont le regard effaré n'arrive pas à se stabiliser.

— Pourquoi ? Pourquoi ?

Racine s'arrête brusquement de rire. Son regard perçant pénètre les yeux de Raymond et tente de réveiller un lointain souvenir dans son cerveau. Il ne parvient néanmoins qu'à effrayer d'avantage son prisonnier.

Exaspéré par l'incompréhension de Bérubé, il s'élance vers la porte de la salle de bain qu'il ouvre toute grande. Les yeux de Raymond s'écarquillent d'un seul coup. Debout dans un bain jauni et sale, les mains attachées derrière elle à un support à serviettes, Éloïse semble l'implorer de l'aider. Ses cheveux dégoulinants et sa robe de nuit détrempée, devenue presque transparente, indiquent clairement à Raymond que c'est elle qui dégage cette odeur infecte d'essence. La panique se lit sur son visage. Racine s'en approche et d'un geste brutal, arrache le ruban adhésif recouvrant ses lèvres. Aussitôt les cris d'Éloïse s'élèvent dans la pièce, vociférant les pires insultes à l'endroit de Racine, mais du revers de la main, ce dernier vient mettre un terme à son débordement de haine.

Hébétée, Éloïse n'arrive plus à émettre le moindre son. La douleur à sa joue est cuisante et bientôt, ne pouvant plus se contenir, elle éclate en sanglots.

— Si c'est de l'argent que tu veux, tu en auras, hurle Raymond en tombant à genoux, beaucoup plus préoccupé par son sort que par celui d'Éloïse.
— Je n'en ai rien à foutre de ton maudit argent, Bérubé !
— Que veux-tu alors ! Dis-moi ce que tu veux et tu l'obtiendras. C'est promis. Mais surtout, ne me tue pas !

Le rire de Racine s'élève à nouveau. L'égoïsme et le manque de courage de Raymond le rendent tellement pitoyable que Racine est tenté d'en finir le plus tôt possible avec cette histoire. Pourtant ce n'est pas ce qu'il avait prévu et il se ravise aussitôt afin de rendre à terme le dessein qu'il avait tracé.

— La justice. Tout ce que je veux c'est la justice.

Des larmes coulent sur les joues de Raymond. Il baisse la tête, épris d'un profond découragement. Tout à coup, il aperçoit, à peine dissimulée sous une table minuscule servant sans doute de table de chevet, une petite croix d'argent. La croix de Robert ! Que fait-elle là ? Soudain tout devient clair dans son esprit. Si son frère savait depuis le début où Racine avait conduit Éloïse, c'est tout simplement parce qu'il y était déjà venu. Si ça se trouve, il est peut-être même le complice de ce meurtrier sans scrupule. Cette hypothèse le fait frémir.

— Pourquoi tous ces meurtres, pleurniche-t-il à l'endroit de Racine ! Pourquoi un tel acharnement sur ma famille ?
— Parce que tu le mérites ! Parce que je te l'avais promis.
— Je ne comprends rien à ce que tu racontes. Il s'agit sûrement d'une erreur. Ou bien tu as été engagé pour faire ce sale boulot par Robert. C'est ça, n'est-ce pas ?
— Tu n'as aucune idée ? Tu ne sais vraiment pas pourquoi je fais tout ça ?
— Non !
— Je vais te rafraîchir la mémoire alors. « Un salaud comme toi, ne mérites que l'enfer. Je t'y conduirai ! »

Raymond écarquille les yeux au maximum. Ces phrases, il les a déjà entendues. Il y a longtemps. Il fouille tout au fond de ses souvenirs. Ça y est ! Une image lui revient en tête. Un accident. Un homme l'implore de sauver sa famille. Le feu. Les cris d'horreur, de peur. L'homme hurle son désespoir, l'invective. Par son rétroviseur, une explosion.

Dans la salle de bain, Éloïse se remet à crier et à menacer Racine de le dénoncer à la police. Comment peut-elle le faire, elle est prisonnière !

— Tu as raconté à ta femme ce qui s'est passé en cette journée du six juin deux mille un ?

Raymond baisse la tête encore une fois, ne pouvant soutenir plus longtemps le regard de Racine qui le transperce de part en part.

— Dis-moi, salaud ! Tu lui as raconté ? Tu lui as raconté ?
— Raymond. De quoi parle-t-il ?
— Allons Raymond. Dis-lui tout !

Le regard interrogateur d'Éloïse se pose sur son mari. Ce dernier semble totalement désorienté. Son front est recouvert d'une sueur abondante et tout son corps est épris de tremblements. Pendant un court moment, elle en a pitié. Malgré qu'il n'ait cessé de manipuler les gens tout au long de sa vie, il ne mérite certainement pas d'être assassiné de la sorte, ni elle d'ailleurs, ni ses enfants. Ses enfants ! Comment un homme peut-il, même au nom de la vengeance, tuer des enfants innocents ?

— Je ne sais pas ce qui se passe, mais je n'ai rien à voir là-dedans !
— Je te demande pardon, balbutie enfin Raymond avant de s'effondrer en sanglotant. J'ai agi comme un imbécile. Je suis sincèrement navré pour ta famille.

Pour la première fois de sa vie, il a à répondre de ses actes effroyables. Denis Racine entre dans une grande colère. Les paroles de repentir de Raymond lui donnent envie de vomir. Ce ne sont sûrement pas des mots qui remplaceront sa famille.

— Tu crois réellement qu'il suffit de demander pardon pour tout effacer ! Tu crois vraiment que je t'ai attendu pendant ces dix dernières années pour te donner l'absolution ! J'avais noté le numéro de ta plaque d'immatriculation, mon beau-frère était policier à l'époque, alors il m'a été facile de connaître ton nom. J'aurais très bien pu te dénoncer à la police ! Ça m'aurait avancé à quoi ! On t'aurait donné une peine bonbon à purger dans la société ! J'ai préféré t'attendre. Et à la mort de ton père, lorsque tu es descendu de ta Mercedes, j'aurais voulu te sauter dessus et te tuer sur le champ, mais encore là j'ai attendu. Je voulais que tu souffres autant que j'ai souffert. Cependant, je ne crois pas pouvoir y parvenir. La mort de tes enfants ne semble pas te toucher énormément, même si je n'en suis pas responsable, parce que quelqu'un d'autre m'a précédé. Tu n'y as fait aucune allusion jusqu'ici. Tu es un monstre Bérubé. En plus j'ai la nette impression que la mort de ta femme ne te touchera pas d'avantage que celle de tes enfants. Je me trompe ? Quoi qu'il en soit, ton tour va venir. J'espère qu'à ce moment-là je pourrai voir dans tes yeux cette douleur qui m'a rongé le cœur et l'esprit depuis que tu as laissé ma famille périr sous mes yeux !

Chapitre 22

La libération

Robert soulève enfin ses paupières. Il est revenu à lui depuis suffisamment de temps pour avoir tout entendu du discours de Denis Racine. Cet homme est peut-être fou, mais c'est Raymond qui est responsable de sa folie. Il ne peut cependant le laisser finaliser sa vengeance. Son dessin est clair. Immoler Éloïse comme sa femme l'a été.

Tout à coup, au moment où Robert est sur le point de se lever et bondir sur Racine, une voix forte provenant de l'extérieur se fait entendre. À l'aide d'un mégaphone, un policier demande aux occupants du motel de sortir. De toute évidence, leur présence dans ce lieu désaffecté aura attiré la curiosité des policiers. Ils arrivent vraiment à point pour une fois.

Racine s'approche de la fenêtre, écarte le rideau, puis jette un œil pour constater que deux autos patrouilles se trouvent à vingt-cinq mètres devant. Une grimace sur sa figure indique qu'il n'apprécie pas du tout leur présence. Non pas qu'il craint d'être arrêté, mais c'est surtout que leur intervention pourrait contrecarrer son projet. Du moins l'obliger à précipiter les événements, ce qui l'empêcherait de goûter pleinement au plaisir de voir souffrir Raymond Bérubé.

Dans la salle de bain, Éloïse ne cesse de crier son innocence et de supplier Racine de la laisser vivre, en insistant sur le fait qu'elle n'y est pour rien dans la mort de sa famille. Puis, toujours avec la même rage que ravive le souvenir de ses enfants pendus dans l'isoloir, elle hurle des menaces et des paroles les plus offensantes qu'elle puisse trouver. Son désespoir s'écroule finalement dans des sanglots.

Cependant ces derniers n'atteignent aucunement Racine qui demeure imperturbable. Sa fixation sur la vengeance l'empêche d'avoir la moindre pitié envers cette femme dont la seule faute a été d'avoir épousé un véritable salaud. Un monstre.

— J'aurais voulu faire durer ce grand plaisir plus longtemps, lance Racine en extirpant un briquet de sa poche de pantalon. C'est trop injuste !

— Ne fais pas ça, cri Raymond !

Brandissant son revolver sous le nez de son prisonnier pour l'inciter à ne pas bouger, Racine actionne le briquet et aussitôt une flamme apparaît. Une forte odeur d'urine vient brusquement se superposer à celle de l'essence. Le ravisseur baisse les yeux et son visage s'éclaire d'une grande satisfaction en apercevant une tache sombre s'agrandir sur le tapis sous les genoux de Raymond.

Ses yeux remontent jusqu'à ceux de son prisonnier, le fixant d'un regard cinglant qu'une lueur victorieuse anime.

L'attention de Racine s'étant concentré sur Raymond, Robert en profite pour passer à l'action. En un seul mouvement, il se lève et bondit sur lui. Surpris, ce dernier laisse tomber le briquet, dont heureusement la flamme s'éteint, et tente de diriger son arme vers l'attaquant. Robert évite le canon du revolver, mais une sensation de brûlure l'atteint au bras. La balle l'a à peine effleuré. Un combat terrible s'engage entre les deux hommes. Ils roulent tous deux sur le plancher et les coups fusent de toutes parts. Robert doit néanmoins tenir éloigner de son corps l'arme de Racine pour éviter d'être atteint de nouveau. Un second coup de feu retentit. D'un violent coup porté à l'avant-bras, Robert réussit à faire échapper le revolver des mains de Racine.

Au dehors, attisée par les déflagrations, la voix se fait plus pressante. Une ombre passe devant la fenêtre. Les policiers s'apprêtent à entrer. Raymond est désemparé. Un éclair passe soudainement dans ses yeux. Ses traits se figent. Si Racine s'en sort, il racontera comment il a laissé périr sa femme et ses enfants alors qu'il aurait pu leur venir en aide au moment de l'accident. Il sera immanquablement condamné pour non-assistance à des personnes en danger. Pas question d'aller en prison. Il est prêt à tout pour l'éviter.

Des coups répétés à la porte indiquent que l'entrée des policiers est imminente.

— Au secours, hurle Éloïse en se démenant comme une déchaînée.

Raymond pose les yeux sur le briquet. Il est attiré vers lui. Brusquement, il se jette par terre tout près de l'objet convoité, de façon à pouvoir le saisir de ses mains attachées. Alors que Racine et Robert continuent à se frapper à qui mieux mieux, Raymond se remet sur pieds, puis s'approche de la salle de bain dans laquelle les deux antagonistes ont roulé.

L'occasion est en or. D'un seul coup, Raymond a la chance de se débarrasser à la fois de Racine qui pourrait le conduire tout droit en prison, de son frère qui est sans aucun doute son complice et d'Éloïse dont il est bénéficiaire de sa fortune ainsi que d'une excellente assurance. Il actionne le briquet et aussitôt il sent la chaleur de la flamme sur ses mains.

Un solide coup de poing atteint Robert à la tempe. Ébranlé, il vacille un instant, puis un second coup l'envoi au tapis. Racine plonge en direction de son arme et s'en saisit. Il tourne un visage ensanglanté vers Raymond. Une lueur de démence brille dans ses yeux. D'une main tremblante, il pointe le revolver vers sa victime, visiblement décidé à en finir une fois pour toute.

— J'aurais tellement aimé te faire souffrir d'avantage, Bérubé. Mais c'est impossible, tu n'as pas de cœur. La mort de tes enfants ne t'a aucunement affecté et voilà que maintenant tu es prêt à faire flamber ta propre femme ! Tu me dégoûtes !

Un terrible fracas se produit. La porte vole en éclat. Deux policiers, arme au poing, apparaissent aussitôt. Un coup de feu retentit dans la pièce. Puis trois autres détonations viennent s'ajouter à la première. Denis Racine s'écroule sur le sol, atteint à l'abdomen par deux projectiles. De la salle de bain on entend des cris et des pleurs à profusion indiquant qu'Éloïse est au bord de l'hystérie. Toujours leurs armes pointées, les policiers s'approchent avec précaution de l'homme qui est demeuré planté au beau milieu de la pièce, tenant toujours le briquet enflammé. Tout à coup, Raymond tressaille légèrement. Il prend une profonde respiration, puis s'abat sur le plancher. Une large tache de sang apparaît à la hauteur du cœur. Il est gravement blessé. On s'empresse de piétiner le début d'incendie que le briquet a provoqué dans sa chute, puis l'un des policiers se penche sur Raymond alors que l'autre s'occupe de Robert. En se remettant sur pied, ce dernier reconnaît la policière aux longs cheveux remontés en chignon de l'autoroute.

— Vous allez bien ?
— Moi ça va, oui. Occupez-vous plutôt d'elle.
— Nat ! Il est encore vivant, lance le second policier. La balle n'a pas atteint le cœur. Je crois qu'il va s'en sortir. Je vais appeler les ambulanciers.

Robert tente de cacher sa déception sans toutefois y arriver. Heureusement les policiers sont trop occupés pour s'en apercevoir. L'un d'eux court à l'extérieur pour ordonner à un collègue de communiquer avec les ambulanciers alors que la dénommée Nat s'empresse d'aller délivrer la pauvre Éloïse sur le point de sombrer dans la folie.

Raymond ouvre péniblement les yeux. La douleur est atroce, mais supportable. Il a tout de même beaucoup de mal à respirer. Probablement que la balle a transpercé le poumon et a créé un début d'hémorragie interne. Robert s'agenouille à son côté. Il jette un regard autour de lui. La policière s'acharne sur les liens qui retiennent Éloïse pour enfin la sortir de sa situation précaire. La peur se lit dans les yeux de Raymond lorsqu'il aperçoit les mains de Robert se tendre vers lui. Un grognement sort de sa bouche. Il est incapable de crier à l'aide.

— Que faites-vous, demande l'un des deux policiers qui vient d'entrer en trombe dans l'unité de motel ?

— Je cherche le pouls, répond Robert sans aucune hésitation.

— Éloignez-vous s'il vous plaît, je vais vérifier son état.

Robert n'a d'autre alternative que d'obéir et il se recule d'un pas pour laisser la place au policier. Celui-ci se penche sur Raymond afin d'examiner sa blessure. Il perd beaucoup de sang, mais cela ne semble pas inquiéter le policier outre mesure. La balle a traversé le corps et est ressortie près de l'omoplate.

— Ne vous en faites pas, dit-il à l'intention de Robert. Les dommages ne sont pas trop graves. Les ambulanciers seront ici dans moins de cinq minutes et votre ami sera sauvé.

— Mon frère. C'est mon frère.

— Et cette dame ?

— Son épouse.

Éloïse est enfin libérée de sa fâcheuse position. On l'enveloppe d'une couverture en lainage. La policière l'entraîne avec elle vers la sortie, mais Éloïse s'arrête à la hauteur de Raymond. Elle baisse les yeux dans sa direction. Robert y discerne un certain mépris. De toute évidence, cette histoire lui a permis, finalement, de découvrir quel genre d'homme est son mari. Un être abject dont le seul intérêt est axé sur sa petite personne. Racine avait raison. Raymond n'a démontré aucune peine concernant la mort de Thomas et Caroline. Il ne s'est pas inquiété du sort de sa propre femme alors qu'elle risquait d'être instantanément changée en torche humaine. Tout ce qui lui importait, c'était de rester en vie.

— Ne vous inquiétez pas, Madame, dit la policière. Votre mari n'est pas en danger.

Éloïse aurait voulu crier qu'elle s'en foutait royalement qu'il s'en sorte. Qu'il ne méritait pas de vivre. Qu'il était le mal incarné. Mais elle se contente de hocher la tête, puis escortée de la policière, s'apprête à quitter la pièce.

Tout à coup, un léger mouvement attire l'attention de Robert. Il tourne lentement la tête vers le corps inerte de Denis Racine. Ce dernier est toujours allongé sur le plancher. Il baigne dans son sang. Cependant, contrairement à ce qu'avait annoncé un peu plus tôt la policière, il n'est pas mort. L'une de ses mains bouge légèrement. Dans ses yeux à demi ouverts, Robert aperçoit une faible lueur de vie dans laquelle la haine brille toujours aussi intensément. Sur ses lèvres, le mot vengeance semble y être encore accroché. Malgré les meurtres odieux qu'il a commis, cet homme ne mérite pas de mourir avant d'avoir atteint son but. D'ailleurs il est mort depuis longtemps. Depuis que Raymond a abandonné sa famille dans un véhicule en flamme.

Robert ferme les yeux un court instant. Un débat se déroule dans sa tête. Il a toujours cru que c'était à lui que revenait le privilège d'abattre Raymond. Il en rêve depuis dix ans. Pourtant Racine a une excellente raison de prétendre à ce droit.

Racine allonge très lentement le bras vers son revolver que les policiers imprudents ont laissé traîner sur le plancher à un mètre à peine de lui. Ses intentions sont claires. Robert en est conscient. D'un simple geste il pourrait priver Racine de se prévaloir de son droit de mort sur Raymond. D'un simple geste il pourrait mettre un terme à la vie de cet homme qui a froidement assassiné ses enfants.

Le regard de Racine croise celui de Robert. Il l'implore.

Tout à coup, dans l'embrasure de la porte, la dénommée Nat se retourne pour dire un mot à son collègue toujours agenouillé près de Raymond. Elle voit Racine s'emparer de son arme et d'un mouvement rapide et précis, elle repousse Éloïse et se saisit de son neuf millimètres pendu à sa ceinture.

Feignant la peur d'être abattu par Racine, Robert s'élance brusquement vers la sortie, offrant ainsi un bouclier à ce dernier. Un coup de feu retentit. Une giclée de sang vient éclabousser le mur. La policière bouscule brutalement Robert et pointe son arme en direction de Racine. Il est inerte, les yeux grands ouverts. Cette fois il a son compte.

Le second policier qui s'était précipitamment couché sur le plancher au moment de la détonation, bondit sur ses pieds, arme au poing. Trop tard.

Près de la tête de Raymond apparaît une large tache de sang mêlé à une matière grisâtre et visqueuse. La balle tirée par Racine a fait son œuvre, arrachant au passage une partie de l'os pariétal. La mort a malheureusement été instantanée. Mais, mince consolation, jamais plus cet homme ne pourra faire de mal à qui que ce soit.

Accrochée au chambranle de la porte, Éloïse regarde la scène d'un œil presque indifférent que seule une lueur de satisfaction anime. Robert l'entoure de son bras et l'entraîne vers l'extérieur.

Chapitre 23

Un nouveau départ

L e mois qui s'est écoulé après ces tragiques événements a en quelque sorte raffermie les liens entre Robert et Éloïse. Ils ont dû, par obligation et par choix, se revoir chaque jour. Les services religieux, les interrogatoires subies devant les enquêteurs, la mise en vente du domaine, la recherche d'appartements à Montréal, tout a été prétexte à des rencontres.

Ils se retrouvent maintenant assis au restaurant « Le Royaume de la Pizza » dans lequel ils venaient tellement souvent lorsqu'ils fréquentaient l'université. Situation nostalgique idéale pour renouer avec le passé. D'ailleurs, ils demeurent de très longs moments sans échanger la moindre parole, plongé chacun de leur côté dans leurs souvenirs.

— Tu crois que tout est encore possible pour nous deux ?

Robert inspire profondément avant de répondre. Cette question il se l'ait posée des centaines de fois ces dernières semaines. La réponse ne lui a cependant jamais été offerte clairement. Une certaine rancœur subsiste toujours. Éloïse lui a, un jour, préféré son frère et il ne peut l'oublier.

Devant son hésitation, Éloïse baisse la tête. Elle sait maintenant que Robert ne l'avait pas trompé avec Marie-Anne, le six juin deux mille un. Elle croit volontiers la version de Robert sur le fait que Raymond avait tout orchestré ce jour-là. Elle avait été tout simplement dupée par un homme sans scrupule, prêt à tout pour obtenir ce qu'il voulait.

Robert n'est aucunement à blâmer pour son indécision. C'est même son droit le plus strict et elle le respecte. Cependant elle a cru déceler en lui une lueur d'espoir, une lueur d'amour encore existante envers elle. Les funérailles de leurs enfants les ont tout de même rapprochées. Ils ont vécus ce douloureux moment ensemble, comme un vrai couple, comme de vrais parents.

— Tu oublies une chose importante, Éloïse. Je suis prêtre.

Foutaise ! Robert est parfaitement conscient que ce prétexte n'est rien d'autre qu'un exutoire à son réel désir. Cette femme, toujours aussi magnifique, ne lui est pas indifférente. Il l'aime toujours. Mais les événements du passé ont complètement transformé sa vie. Sa grave dépression l'a incité à commettre des actes répugnants. Ses absences temporaires de la réalité sont et seront toujours bien présentes dans son existence, occasionnant par le fait même un risque omniprésent. Il se refuse à courir un tel risque. Il ne peut concevoir qu'un jour il pourrait faire du mal à Éloïse. Le mieux serait de disparaître pour de bon et de ne jamais plus la revoir.

— Je ne crois pas que la prêtrise soit une raison suffisante pour nous empêcher d'accéder au bonheur. J'ai la ferme conviction que tu n'as, d'un prêtre, que le titre. Tu t'es accroché à la religion pour oublier le mal que je t'ai fait. Je le regrette tellement Robert.
— Je le regrette aussi. Les choses auraient été si différentes si rien de tout cela ne s'était produit.
— Nous pouvons recommencer ! Il n'est pas trop tard.
— Tu le crois sincèrement ?
— J'en suis absolument certaine. Toi ?

La tentation est grande dans le cœur de Robert. Les démons qui se sont emparés de lui, il y a dix ans, hurlent dans sa tête d'accepter ce nouveau départ. Son esprit tourmenté l'enjoint de ne pas laisser filer cette seconde chance qui se présente à lui.

Par la grande fenêtre s'ouvrant devant lui, il laisse vagabonder son regard sur la rue se trouvant à proximité de l'établissement. Un temps de réflexion s'impose avant de prendre une telle décision. Il ne veut surtout pas précipiter les choses pour ensuite avoir à le regretter. Cependant, le regard insistant d'Éloïse ne cesse de l'envelopper, de le supplier, de lui dicter sa réponse. Il secoue la tête comme pour s'évader de son emprise et être seul à se confronter à ce dilemme.

Éloïse baisse enfin les yeux, comprenant que ça ne sert à rien de vouloir ainsi lui imposer sa volonté. Que cela ne pourrait que l'éloigner d'avantage d'elle. Après tout, elle est la seule fautive dans cette histoire. La confiance est la clé indispensable dans un couple pour que celui-ci subsiste malgré les pires embûches. En deux mille un, elle a tout gâché en sautant trop rapidement à une conclusion dont elle sait aujourd'hui fausse.

Si seulement elle avait, à ce moment-là, écouté les explications de Robert, leur vie n'aurait peut-être pas été un échec. On ne peut reculer le temps ! C'est dans le présent que l'on a la possibilité de réparer le passé. Du fond du cœur, elle espère que Robert prendra la décision de recommencer à neuf.

Par la grande fenêtre, Robert voit le soleil se pointer, lui indiquant par le fait même qu'il décline lentement vers l'horizon. Il est encore une fois transporté dix ans plus tôt et la nostalgie de ce moment précieux s'empare de lui.

— Si nous allions au Parc des Mésanges pour réfléchir à tout ça ?

Éloïse relève la tête instantanément. L'idée est merveilleuse. Une lueur d'espoir vient enfin l'éclairer. D'un immense sourire elle acquiesce à cette suggestion inespérée. Elle plonge ses yeux brillants dans ceux de son vis-à-vis pour qu'il y voit tout le bonheur qu'il lui procure. Robert est subjugué par cet éclat et d'ors et déjà, il sait quelle sera sa réponse concernant la possibilité de reprendre leur vie de couple, là où ils l'ont laissée.

Une fois la note du restaurant payée, Robert entraîne sa compagne à l'extérieur. La journée est magnifique, chaude et, aussi, malodorante comme elle l'est toujours dans cette grande ville. L'air plus pur du Parc leur fera le plus grand bien.

La Toyota bondit joyeusement sur la route et file aussitôt direction nord. La circulation dense exaspère légèrement Robert. Il sourit en songeant que ce n'est pas tant la circulation qui le met dans cet état, comme l'impatience qu'il a d'arriver à destination.

La petite voiture bleue ciel accède bientôt aux petites rues moins achalandées et quelques minutes plus tard, l'entrée d'une aire de stationnement apparaît devant elle. Ils y sont enfin !

Dehors, les parfums de l'immense boisé mêlés à ceux des multitudes de fleurs viennent enivrer le couple, le projetant du même coup dans le passé. Ils s'engagent sur le petit sentier serpentant entres les arbres majestueux. Robert hésite, l'ayant frôlé imperceptiblement, à se saisir franchement de la main d'Éloïse. La chaleur que leurs corps dégagent les submerge l'un et l'autre en une fraction de seconde, comme s'ils avaient soudainement retrouvé leurs cœurs d'adolescents.

Non loin devant eux, apparaît la petite clairière de jadis. Elle n'a pas du tout changée. L'immense chêne tricentenaire, témoin de leur amour passé, les attends toujours, les bras grands ouverts pour les accueillir. Le tapis de fleurs n'a rien perdu de sa beauté et les eaux de la rivière reflètent avec la même magie, les rayons déclinants du soleil.

Éloïse se laisse tomber gracieusement au pied de leur complice au feuillage toujours aussi enveloppant alors que Robert s'adosse à son tronc. Pendant de longues minutes, ils restent là sans dire un mot, s'imprégnant de cette nature qui, contrairement à eux, n'a pas subi les affres des ans.

Dans leur tête, les événements tragiques des dernières semaines s'effacent peu à peu pour faire toute la place aux souvenirs d'antan. La régression dans le temps est savoureuse, ils se revoient alors qu'ils ne sont que de jeunes adultes, encore insouciants comme des adolescents.

Éloïse tend la main vers Robert et ses doigts touchent les siens. Une véritable décharge électrique traverse leur corps. Dans leurs veines, le sang se transforme en une lave volcanique brûlante et envahissante, puis les pulsations de leur cœur engendrent soudainement un désir fou.

Lentement, Robert se laisse glisser le long du tronc du vieux chêne et emporté par une passion toujours grandissante, il dépose un baiser sur les lèvres de sa bien-aimée. Le contact est aphrodisiaque. Le paysage, autour, disparaît. Les bruits, si minimes soient-ils, se taisent. Plus rien n'existe sur terre, que le couple enlacé, enveloppé d'un halo de passion. Bientôt le soleil, envahi soudainement d'une pudeur juvénile, se laisse glisser dans les eaux de la rivière jusqu'à s'y engloutir totalement.

Chapitre 24

La vérité

Il fait encore sombre dans la chambre de Robert lorsque ce dernier ouvre les yeux. Il est en sueur. Un terrible cauchemar l'a accompagné tout au long de sa nuit. Celle-ci a été cependant assez courte. Machinalement il se saisit de son réveil matin pour constater qu'il n'est que cinq heures et, exaspéré, il le repose brutalement sur la table de chevet. Arrivera-t-il un jour à profiter d'une nuit de sommeil reposant ! Il l'espère.

Pendant quelques minutes, il tente de se rappeler son cauchemar, mais n'y arrive pas. C'est ainsi depuis de nombreuses années. Il ne parvient jamais à se souvenir de ses nuits. Cela n'a pas tellement d'importance.

Incapable de fermer les yeux à nouveau, Robert s'extirpe de son lit et se dirige vers la salle de bain. Une douche effacera définitivement les dernières traces de fatigues qui déforment son visage. Il actionne le commutateur et une lumière aveuglante agresse aussitôt la rétine de ses yeux qu'il plisse instantanément au maximum, puis les rouvre progressivement.

D'une grande armoire en bois, s'élevant dans un coin de la pièce, il extrait une longue serviette aux couleurs ensoleillées qu'il dépose sur le rebord de la porte de la douche. En se retournant, il aperçoit son image dans le miroir. De longues lignes rougeâtres traversent l'une de ses joues. Intrigué, il se rapproche du miroir.

Des égratignures. Il tente de se rappeler comment ces dernières se sont produites. Un sourire se dessine aussitôt sur ses lèvres. Il faisait déjà nuit lorsqu'il a quitté le Parc des Mésanges et n'y voyant à peine, il aura été blessé par les branches basses des arbres qui longent le petit sentier.

Cette soirée a été magnifique. Plus qu'il ne l'avait espéré. Même s'il avait côtoyé Éloïse depuis quelques semaines, il considère que cette rencontre au Parc des Mésanges a été le véritable moment de ses retrouvailles avec sa bien-aimée. Cette seule pensée, en soi, est un revigorant exceptionnel.

Aussitôt, son cœur est épris d'une bonne humeur réparatrice et c'est en fredonnant leur air favori, à lui et à Éloïse, que Robert se glisse dans la cabine pour se doucher.

Pendant près d'une demi-heure, il se laisse caresser par l'eau tiède, puis après s'être essuyé sommairement, il quitte la salle de bain et retourne à sa chambre.

Alors que la clarté du jour levant lui révèle la présence de ses vêtements de la veille entassés dans un coin, il frissonne légèrement. Interdit, il demeure un long moment à les regarder tout en cherchant à se souvenir pourquoi ceux-ci se retrouvent pêle-mêle sur le plancher alors qu'ils devraient être convenablement suspendus sur des cintres. Ce genre de désordre ne fait pas partie de ses habitudes.

Lentement, Robert s'approche du monticule de vêtements, se penche sur eux et se saisit de son chandail. Des taches apparaissent sur le devant. Des taches sombres qu'il n'arrive pas à identifier. Intrigué, il se dirige, chandail à la main, vers une petite lampe, qu'il allume, pour l'examiner plus en détail.

Les traits de son visage se figent brusquement, sa respiration se coupe, son cœur bondit et ses membres sont soudainement accablés de tremblements. Du sang ! Ce sont des taches de sang. Comment sont-elles venues là ? Il ne se souvient de rien. Ce ne sont sûrement pas ces quelques égratignures à la joue qui ont causé toutes ces taches. Il doit sûrement y avoir une explication ! Il ferme les yeux pour se concentrer sur ce qui s'est passé au Parc des Mésanges.

Il ne voit rien qui pourrait lui fournir l'explication recherchée. Il est désemparé. Un affreux pressentiment s'empare de son esprit. Les périodes d'absences qu'il a eu à faire face durant ces dix dernières années, ne se sont pas produites depuis qu'il a retrouvé Éloïse. Enfin, c'est ce qu'il croit. Mais à présent, il craint que l'une d'elles soit en cause et que, sans motif, il s'en soit pris à l'amour de sa vie. Comment aurait-il pu, même inconsciemment, faire le moindre mal à Éloïse ? Il l'aime beaucoup trop pour qu'il en soit ainsi.

Effondré et surtout désorienté par cette nouvelle absence de mémoire, Robert se laisse choir sur le rebord de son lit. Son cerveau est en ébullition, mais malheureusement, rien de concret ne remonte à la surface. Ses derniers souvenirs font références au moment où il a fait l'amour avec Éloïse sous le grand chêne alors que la nuit s'apprêtait à les envelopper. Après, plus rien. Pourtant, ce sang n'est pas apparu sur ses vêtements par enchantement. Il y a forcément une explication. Laquelle !

Une idée le surprend tout à coup. Sur le cadran, les chiffres indiquent cinq heures quarante-cinq. Il fait déjà jour. Enfin, suffisamment pour aller examiner la scène de ses ébats avec Éloïse. C'est à cet endroit qu'il trouvera la réponse à sa question. Il doit en avoir le cœur net.

Rapidement, Robert enfile un pantalon et une chemise, s'empare des clés de sa voiture et quitte son appartement. La rue est presque déserte. Normal pour un samedi matin. La Corola bondit et s'élance à l'assaut de la route qui mènera son conducteur à un éclaircissement de la situation. Heureusement l'endroit est assez près et, compte tenu de l'absence de circulation, il ne lui faudra que dix minutes pour arriver à destination.

Le stationnement est complètement désert. Robert gare sa voiture tout près de l'embouchure du petit sentier et, avec empressement, il emprunte ce dernier. Une impression bizarre l'agresse soudainement. Il s'immobilise. Une voix intérieure lui commande de rebrousser chemin en insistant sur le fait qu'il fait preuve de négligence en retournant ainsi sur les lieux de son crime.

Interdit, Robert hésite. Cette voix qui le harcèle depuis une dizaine d'années, il la reconnaît très bien. Cependant, il n'a jamais eu de preuve de sa véritable existence. Elle fait tout simplement partie de son imagination. Après tout, il est seul à habiter son corps.

Tout à coup, le cri strident d'un geai bleu vient le sortir de sa torpeur, faisant taire, par le fait même, la voix qui avait pris possession de son esprit. D'une certaine façon, il s'en trouve soulagé. Cependant, l'intervention de l'oiseau est de mauvais augure. Son cri se répercute à travers le sous-bois comme pour le prévenir d'un malheur. Malgré tout, Robert l'ignore et se remet en marche.

Quelques mètres devant lui, les arbres s'effacent pour livrer à ses yeux, la petite clairière bordant la rivière. Dans quelques secondes il sera fixé sur ses agissements de la veille. Ses pas se font plus rapides en se dirigeant vers le grand chêne. C'est sous celui-ci que se trouve la réponse tant attendue.

Robert s'arrête brusquement. Près de l'énorme tronc ravagé par le temps, un corps est allongé. Un corps sur lequel il ne peut mettre une identité. Un homme vêtu d'un uniforme de policier.

Un flash surgit soudainement dans sa mémoire. Il voit un policier qui le tient en joue avec son arme. Dans un geste d'une rapidité inouïe, Robert lui arrache des mains et sans la moindre hésitation, il fait feu. En pleine tête. Le policier s'écroule. Sans vie.

Une autre détonation retentit. Robert fait volte-face. Une policière tente de l'abattre. Elle n'a pas de chance. Le projectile a raté sa cible. Robert fait feu une seconde fois et la policière s'abat sur le sol. Blessée mortellement.

L'image s'estompe. Il dirige son regard vers la droite. Là où devrait se trouver le corps de la policière. Elle est là, couchée dans l'herbe humide du matin, une large tache sombre apparaissant sur sa chemise kaki.

Robert est totalement renversé. Il a bel et bien tué deux policiers. Mais que faisaient-ils à cet endroit ? Où est Éloïse ? Il doit absolument se souvenir de ce qui s'est passé avec sa compagne. Sa mémoire refuse de lui révéler quoi que ce soit. L'inquiétude atteint son paroxysme. Nerveusement, il parcourt la petite clairière, se rend aux abords de la rivière pour y inspecter la berge. Rien. Aucune trace d'Éloïse.

Soudain, au moment où il revient sous le grand chêne, il aperçoit une pierre traînant sur le sol. Une pierre de la grosseur d'un cantaloup. Une pierre tachée de sang !

Son regard horrifié virevolte au-dessus de la scène un long moment avant de se reposer sur l'énorme caillou, puis sans crier gare, une autre bribe de mémoire refait surface.

C'est Éloïse ! Elle est couchée, nue sur l'herbe, les bras au-dessus de sa tête, le visage déformé par la douleur et les yeux affolés. Du sang coule par une large entaille sur son front. Robert lève la pierre au bout de ses bras et s'apprête à frapper de nouveau, mais une détonation le surprend et il suspend son geste ! Un policier ! Celui-là même qui gît non loin du grand chêne.

Robert sent ses jambes qui flanchent et tombe à genoux. Il secoue la tête et essuie ses larmes de son avant-bras. Comment a-t-il osé faire du mal à celle qu'il aime ? C'est impensable ! Ces images qui montent dans son esprit sont peut-être le fruit de son imagination ! Non. Il y avait bel et bien du sang sur son chandail, ce matin. Il pose les yeux sur les deux cadavres étendus sur le sol. Ce ne sont pas des mirages. Ils sont bien là ! Le corps d'Éloïse n'y est cependant pas. Il l'a sans doute caché quelque part. Où ?

Elle a peut-être réussi à s'échapper de son emprise !

Tout à coup, son instinct lui ordonne de réagir. Il ne peut rester à cet endroit plus longtemps. Il a commis une grave erreur. Un meurtrier revient toujours sur les lieux de son crime. C'est ce qu'il a fait ! Maintenant, la seule chose à faire, est de s'en aller loin. Le plus loin possible.

Au moment où il tente de se relever, il est brusquement accablé d'un vertige. Tout tourne autour de lui, ses yeux papillotent, son cœur palpite, son sang martèle douloureusement ses tempes et il sombre dans une demi inconscience. Dans sa tête, un film en accéléré lui dévoile des images horrifiantes. Le film de sa vie. Éloïse qui le gifle et qui s'enfuit avec Raymond. Sa main qui fait basculer l'échelle dans laquelle le curé Trottier est monté pour installer des décorations de Noel. Le taille haies qu'il dirige sur la cuisse du vieux jardinier pour ensuite le regarder mourir lentement. L'oreiller qu'il applique monstrueusement sur le visage de son père jusqu'à ce qu'il cesse de se débattre.

Robert laisse échapper un cri terrible alors que les images parvenant à son cerveau lui révèlent des scènes insupportables, des scènes toutes plus horribles les unes que les autres.

Il se voit marcher vers une jeune femme nue étendue sur un lit, la contempler un court moment avant de l'étrangler à l'aide du cordon d'alimentation d'une petite lampe de chevet.

Il se voit, par la suite, descendre un escalier dans le noir, puis remonter en compagnie de Thomas et Caroline à moitié endormis. Il les entraîne avec lui vers la porte de la lumière. Vers l'isoloir. L'endroit où sont suspendus la Vierge Marie et son fils attendant d'être délivrés et remplacés par d'autres êtres de pureté.

.

Malgré que ce ne soit pas des meurtres, mais plutôt des offrandes, cette tâche provoque en lui une douleur atroce, comme si c'était son propre corps que l'on suspendait au bout d'une corde. La peine est immense, mais de courte durée.

Un intrus le surprend ! Le jardinier ! Pourquoi est-il là ? Il voulait assurément s'en prendre aux enfants. C'est lui le meurtrier ! Il doit le rattraper et l'abattre avant qu'il ne commette un autre assassinat !

Robert ouvre grand les yeux. Autour de lui, c'est la désolation. Le regard vitreux des deux policiers, que les premiers rayons de soleil viennent accentuer, le fait frémir. Le recouvrement de sa mémoire le terrasse littéralement. Toute sa vie a été un échec. Il ne mérite pas de voir, de sentir, d'entendre, de respirer. Il ne mérite pas de vivre !

Difficilement, il se remet sur pieds. Puis, encore chancelant, il s'approche du corps de la policière et, d'entre ses doigts rigides, il lui arrache son arme. L'espace d'un instant, il est tenté de mettre un terme à cette vie qu'un stratagème dégoûtant de son frère a transformée en cauchemars. Il se ravise néanmoins et rabaisse le canon du neuf millimètres qu'il venait tout juste de coller à sa tempe. Éloïse ! Il se souvient maintenant qu'elle a profité de l'échange de coups de feu, entre lui et les policiers, pour s'enfuir. Il doit la revoir une dernière fois. Il est impératif qu'elle sache toute la vérité. Il n'est pas coupable, ni responsables, de ses actes. C'est Raymond le monstre !

Chapitre 25

La sentence

Le ciel s'assombrit rapidement par de gros nuages noirs alors que Robert, arme au poing, longe, tel un somnambule, le petit sentier menant au stationnement du parc. Son seul but est de retrouver Éloïse et, ni rien, ni personne, ne l'empêchera de l'atteindre.

Pourtant, sa détermination est tout à coup mise à l'épreuve. En quittant le couvert des arbres, il constate la présence de véhicules dans le stationnement. Des véhicules de policiers. Ils sont là pour lui ! Trop tôt ! Il n'a pas encore eu la chance de voir Éloïse.

Il s'arrête brusquement. Une douzaine de fusils sont pointés sur lui. Ils sont cependant à plus de vingt mètres. Des mouvements à sa gauche et à sa droite lui indiquent que d'autres policiers se tiennent prêts à l'intercepter s'il tente de fuir par les boisés.

« Ne bougez plus ! Restez où vous êtes ! Jetez votre arme ! »

Il n'en a que faire de ces ordres crachés à travers un porte-voix. Ses doigts se resserrent sur la crosse du pistolet qu'il garde néanmoins le long de son corps. Pas question de s'en départir.

« Jetez votre arme ! Vous êtes en état d'arrestation ! »

Que peuvent-ils contre lui ? Ils ne sont pas de taille à rivaliser avec sa puissance. Sa grande habileté et surtout son inébranlable détermination auront tôt fait de les exterminer. S'ils continuent à le provoquer de la sorte, ils verront bien de quel bois il se chauffe.

— Ôtez-vous tous de mon chemin ! Ou vous allez le regretter !

Surpris par cette déclaration ridicule, les policiers se jettent les uns les autres des regards interrogateurs. Cet homme est déséquilibré. Un malade dangereux face à qui ils se doivent de faire preuve de prudence. Dans un cas semblable, la témérité est à proscrire. Au moindre geste brusque, ils se verront dans l'obligation de l'abattre.

Robert avance lentement d'un pas, puis s'arrête à nouveau. Accroupis derrière les portières ouvertes des véhicules, les policiers sont prêts à faire feu. Robert sent très bien leur impatience.

« Rendez-vous ! Vous ne pouvez-vous échapper ! »
— Pour la dernière fois : Ôtez-vous de mon…

Un crissement de pneu vient interrompre tout à coup les paroles de Robert. Une autre voiture de police, arrivant à toute allure, freine subitement à l'entrée du stationnement. À travers le pare-brise il discerne la présence de trois personnes. Sûrement des policiers en renfort. Même avec des forces supplémentaires ils n'arriveront pas à l'arrêter. Après tout, c'est lui le maître de la situation.

La portière, côté passager s'ouvre enfin. De longues secondes s'écoulent sans que Robert ne puisse distinguer le moindre mouvement. Probablement un haut gradé qui se cache derrière ses subalternes afin de minimiser les risques d'être atteint par une balle perdue.

Cette perspective fait sourire Robert malgré la tragique situation dans laquelle il se trouve. Abattre un commandant des forces policières prouverait, sans doute possible, sa supériorité.

Une tête apparaît tout à coup hors de la voiture. C'est une femme au front ceint d'une large bande blanche. Elle se redresse, puis s'écarte du véhicule et effectue quelques pas en avant. Robert sent soudainement les muscles de son corps se détendre. L'étincelle de cruauté meurtrière, brillant jusqu'ici dans ses yeux, s'efface peu à peu pour faire place à une indescriptible amertume. Puis une lueur de joie l'illumine tout à coup. Son Éloïse est vivante ! Merci Mon Dieu ! Le démon errant dans son esprit n'a pas réussi à assouvir totalement sa vengeance. Éloïse a été épargnée. Tout est maintenant possible. Demain, ils reprendront leur vie qui n'aurait jamais dû être interrompue il y a dix ans. La justice l'a emporté sur le mal.

— Pourquoi ?

Le ton de la voix d'Éloïse, qui se veut grave et remplie de reproches, jette un voile d'incertitude dans l'esprit de Robert. Il n'arrive pas à comprendre que sa bien-aimée n'exalte pas de joie en le retrouvant.

— Pourquoi avoir tué nos enfants ?

Robert est atterré. Comment Éloïse a-t-elle su qu'il avait offert Thomas et Caroline à Dieu pour délivrer Marie et son fils des griffes du démon, alors qu'il ne lui a pas encore fourni d'explications à ce sujet ? Leur mort était nécessaire. Ne peut-elle pas comprendre ça ? L'attitude d'Éloïse le laisse perplexe. De toute évidence, elle lui reproche un geste qu'il se devait de poser.

— Je ne les ai pas assassinés. Je leurs ai offert la vie éternelle auprès de Dieu.
— Tu es un monstre, Bérubé ! Je te hais ! Je te hais de toutes mes forces. Tu vas pourrir en prison le reste de ta misérable vie !

La gifle est cinglante. Les dernières paroles d'Éloïse transpercent le cœur de Robert telle une flèche à la pointe tranchante. Tous ses espoirs s'écroulent d'un seul coup. Jamais plus il ne pourra lui démontrer une quelconque affection. Elle l'a trahi. C'est sans doute elle-même qui a alerté tous ces fous qui l'entourent et qui sont prêts à le fusiller. Ces imbéciles ne savent cependant pas qu'il est immortel et que rien sur terre ne peut plus l'atteindre.

— Ma pauvre Éloïse. Toi aussi ! Toi aussi, tu es possédée !

Une force nouvelle renaît dans les muscles de Robert. Ses doigts se crispent sur la crosse de l'arme, son cœur reprend son rythme normal et dans sa tête plane le fervent désir de faire vaincre le bien sur le mal. Le démon est à sa portée. Il ne peut le rater puisque Dieu guide son bras, puis, d'un mouvement lent et d'une fluidité presque gracieuse, il pointe son arme en direction d'Éloïse, déterminé à abattre le démon qui la possède.

Un orage éclate brusquement, laissant entendre une multitude de coups de tonnerre assourdissants. Surpris par ce déchaînement inattendu de la nature, Robert demeure hébété, chancelant, le souffle coupé, puis son corps soudainement ballotté dans tous les sens perd de sa vitalité. Devant ses yeux qui s'embrouillent de plus en plus, il voit tout autour de lui de petits nuages blancs s'échapper de la gueule démoniaque des fusils que tiennent la horde d'impies. Ils ont osé !

Dans un brouillard rougissant, il voit Éloïse s'approcher de lui. Incapable de discerner clairement ses traits, il espère que ceux-ci sont empreints d'empathie, de regrets, d'amour. Pourtant, au moment où il ferme les paupières, afin de conserver en lui l'image de celle qu'il aime, il aperçoit, quittant le temple des lèvres de cette dernière, un crachat qui vient clore à jamais le sentiment de haine qu'elle éprouve pour lui.

Éloïse est visiblement soulagée de savoir enfin réduit à jamais au silence celui qui pendant la nuit, avant de tenter de l'assassiner, lui avait raconté, avec force détails, tous les gestes odieux qu'il avait posés, au nom de Dieu, depuis dix ans. Elle est néanmoins consciente que c'est la maladie, engendrée par un terrible chagrin d'amour, qui a été la cause de tous ses maux. Mais rien ne peut excuser de tels gestes.

À l'insu de Robert, et ce malgré la peur qui la dévorait, elle avait réussi à composer le 911 sur son cellulaire pour que quelqu'un entende la fin de leur discussion. Elle avait par la suite glissé le nom du parc dans la conversation. Malheureusement les deux premiers policiers arrivés sur place avaient dû se sacrifier pour permettre à Éloïse de prendre la fuite.

Sans même déverser une seule larme, Éloïse se détourne du cadavre diabolique et lentement se dirige vers les hommes qui lui ont permis d'assister à la délicieuse exécution du véritable assassin de ses enfants.

Illustration de la page couverture

Janick Ericksen

Originaire de l'Outaouais, Janick Ericksen vit maintenant dans la région de la Montérégie où elle pratique son art. Cadette d'une famille de huit enfants, la pratique du dessin fit partie de toute son enfance. Elle délaisse le dessin le temps d'élever ses deux filles puis découvre la peinture vers la mi-trentaine. Elle apprécie particulièrement les scènes d'où se dégage une émotion particulière. Ses couleurs sont souvent tirées d'une palette chaude, mais elle aime explorer l'art sous toutes ses formes. Sa gestuelle est de moins en moins précise, évoluant du réalisme à l'abstraction Depuis 2011, elle a obtenu diverses reconnaissances et ses œuvres voyagent à l'international.

Croquis

Sommaire

Les Éditions Belle Feuille
68, chemin Saint-André
Saint-Jean-sur-Richelieu (Québec) J2W 2H6
Tél.: 450.348.1681
Courriel : marceldebel@videotron.ca
Web : www.livresdebel.com

Distribué par BND Distribution
4475, rue Frontenac, Montréal, Québec, Canada H2H 2S2
Tél. : 514 844-2111 poste 206   Téléc. : 514 278-3087
Courriel : libraires@bayardcanada.com

Distribution numérique: Agrégateur DeMarque
Web : www.vitrine.entrepotnumerique.com/editeurs/181-les-
editions-belle-feuille/publications

Titres par catégorie	Auteurs	ISBN
Anecdotes de vie		
La magie du passé	Marcel Debel	978-2-9811696-9-3
Autobiographies		
Le crapuleux violeur d'âmes	Monique Richard	978-2-923959-50-4
Autofictions		
Tout peut arriver	Roxane Laurin	978-2-923959-47-4
Biographies		
Enveloppez-moi de vos ailes	Huguette Lemaire	978-2-923959-48-1
Cas vécus		
L'insomnie une lueur d'espoir	Carole Poulin	978-2-9810734-7-1
L'instinct de survie de Soleil	Gabrielle Simard	978-2-9810734-3-3
Récit d'un fumeur de cannabis	Stéphane Flibotte	978-2-9811696-4-8
Essais		
Au jardin de l'amitié	Collectif	978-2-9810734-2-6
Les Jardins, expression de notre culture	Pierre Angers	2-9807865-3-5
Univers de la conscience	Yvon Guérin	2-9807865-7-8
Vivre sur Terre, le prix à payer	Alexandre Berne	978-2-9811696-3-1

Nouvelles

La Vie	Marcel Debel	2-9807865-0-0
Lumière et vie	Marcel Debel	2-9807865-1-9
Quelqu'un d'autre que soi	Micheline Benoit	2-9807865-4-3
Une femme quelque part	Micheline Benoit	2-9807865-2-7

Poésie

À la cime de mes racines *Un miroir sur ma tête*	Mariève Maréchal	2-9807865-5-1
Amalg'âme	Angéline Bouchard	978-2-9811691-1-7
Arc-en-ciel d'un ange	Diane Dubois	978-2-9810734-0-2
Bonheur condensé	Magda Farès	2-9807865-8-6
Fantaisies en couleur	Marcel Debel	978-2-9810734-1-9
Voyage au centre de la pensée	Louis Rodier	978-2-9810734-8-8

Récits

L'Arnaquée	Gisèle Roberge	978-2-9811696-6-2

Recueils de contes

L'aventure de Vent des Neiges	Sophie Bergeron	978-2-9811696-7-9
Le Diamant inconnu *Contes de l'au-delà*	Pierre Barbès	978-2-9810734-6-4

Recueils de fantaisie pour enfant

L'anniversaire de Marilou	Hélène Paraire	978-2-9810734-5-7
Les oreilles de Marilou	Hélène Paraire	978-2-9811696-2-4

Romans

La Ménechme	Chantal Valois	978-2-9811696-8-6
Les millions disparus	Bernard Côté	978-2-9811696-0-0
Lettre à ma Louve	Lise Vigeant	978-2-923959-52-8
Méditation extra-terrestre	Olga Anastasiadis	2-9807865-9-4
Rose Emma	Gisèle Mayrand	978-2-9810734-4-0
Sous la poussière des ans	Pierre Cusson	978-2-923959-51-1

Sciences-fictions

Récueil d'événements *au sein de l'espace*	Damien Larocque	978-2-923959-49-8

Marquis imprimeur inc.